紋ちらしのお玉

河治和香

角川文庫 16268

目次

破《やぶ》れ傘《がさ》

この頃では、芸者と花魁《おいらん》の違いがわからない、という人がいるらしい。

芸を売るのが、芸者。

色を売るのが、花魁。

たてまえでは、そういうことになっている。

でも、花魁でも太夫《たゆう》などは諸芸を仕込まれているから、芸がないわけじゃない。

それでも、やっぱり売っているのは〈色〉だし、芸者の方も、色を売らないわけではないけれど、表向きは〈芸〉しか売ってはいけないことになっている。

芸者は、あえて売らないはずの〈色〉を売るところに味がある。

だから、〈客を取る〉などとは言わない。〈転ぶ〉と言ったりする。

〈転ばせる〉のが、芸者遊びの味だと通の客は言う。

金を積んでも、転ぶ者もいれば、転ばない者もいる。その辺の気味合いを、言葉で伝えるのはむずかしい。

「客は客。間夫《まぶ》は間夫」

と、女郎のようなことを言う芸者《ほうばい》もいるけれど、あたしは客とか情人《おっこち》とか、あまり意識しないようにしている。

いやな男とは、いくら上客でもしたくないし、いくら情人でも、いやな時はしたくない。

と、大見得切ったところで、その辺りは自分でも時々よくわからなくなってしまうのだけれど。突っ張って粋《いき》がりたい時もあるし、どうでもよくなって金に転んでしまうこともある。我ながら呆れてしまうほど、いい加減で曖昧《あいまい》。

ただ、ときたま、客とも情人とも違う……その場限りの男に抱かれてもいいような気がする時がある。

きのうの夜も。

そんな〈ひまつぶしの恋〉をするように、男と一夜を明かしてしまった。

相手はその時の気分で。ただし、紋所のちゃんと知れた男とだけ。

いったい世の中に家紋の種類はどれくらいあるのだろう。一万とも二万ともいう。

一生かかっても、すべての紋を見尽くすことはできないかもしれない。

実はあたしはこっそり紋所を集めている。

帯を解く時の絹鳴りの音が好きだ。献上の帯は、シュッシュッと独特の音がする。……帯を鳴かせ、他人でなくなりぬ。

ふと、そんな唄《うた》があったことを思い出していた。

ときどき、自分に値が付くことに嫌気がさすことがある。金のからまない情人もいいけれど、馴染《なじ》んで、〈芸者をただで抱ける〉のが当たり前みたいな顔をされると、なんだか冷めてしまうのだった。

何も知らない男の方が、すっきりしていていい。

何も知らないから、何でもできる。

あたしは重なった男に激しく揺すぶられているうちに、いつの間にか簪《かんざし》が落ちたのにも気づかなかったらしい。体を折り曲げられて、膝頭《ひざがしら》が頬にぶつかりそうになりながらも、なんだか窮屈にするほど、よくなるようだった。

たぶん、長襦袢《ながじゅばん》の細い紐《ひも》に締めつけられているのがいいのだろう。縛られていることによって、体の反応が敏感になってゆく。

夢見心地で男に遊ばれている。うわごとのように訳のわからないことを呻《うめ》きつつ、あたしは、気付くと放心したように泣いていた。

別に悲しいわけでもないのに。なぜ泣いているのか、自分でもわからない。

明け方、カラスの声が聞こえる頃になって、やっと少し眠った。

気付いて体を離そうとしたら、お互いの乾いた毛がからみあってピリピリする。

「あいてて……」

くすっ、と二人して弾《はじ》けたように笑う。

「おかしな野郎だぜ。さっきまで、ヒィヒィ泣いてたくせに」

「あはは……」

そう言われて、つい大声で笑ってしまった。

「ああ、泣いたらさっぱりした」

「えっ？」

男には、わからない。

「あんまりしたから、なんだかまだ、じんじんしているよ」

腫《は》れてもったり熱くなった部分をいじられると、またジクジク濡《ぬ》れてくる。

「一度いくと、とめどもなくて……あとが思いやられるけど、これくらいしないと、かえって気持ちが悪いの」

あたしは、くすくす笑っている。

男の腕を枕に、やり疲れてうとうとするのはいい気持ちだけれど。

芸者は朝帰りなんかしない。寝ぼけ眼で、朝っぱらからノコノコ帰ったら、どこかにしけ込んだのを吹聴《ふいちょう》するようなものだ。昼頃までのうのうと寝て、何食わぬ顔で、お稽古《けいこ》帰りみたいに澄まして家に帰ることにしよう。

あたしは柳橋《やなぎばし》の芸者、玉勇《たまゆう》。

でもそのことを、昨日の男は、知らない。


安政《あんせい》七年二月。

如月《きさらぎ》に入ってから、霖雨《りんう》が続いていた。雨ばかりだと、盛り場にはどこか寂しい空気が漂う。

その日は、お座敷の口が掛かった時から、なんだかいやな予感がしていた。

「こんにちは、玉勇さん、〈梅川〉さんからお座敷」

立花屋から口を掛けに来た男が、門口で〈梅川〉と言うのが聞こえたとたん、もういやな気分になっている。

「ただいま」

と、お銭《せん》さんが、ほがらかにこたえているのが聞こえた。

お銭さんは肥えているので、家中を歩き回るたびに、ドスドスと家鳴りするから、どこにいるのかすぐにわかる。

あたしたち芸者衆は、この立花屋から口を掛けてもらって、〈お出先〉と呼ばれる座敷に出る。

「梅川なら、きっと勤番者のイカリ肩だね」

お銭さんは、継棹《つぎざお》の三味線を分解して手際よく唐草模様の風呂敷《ふろしき》に包みながら、あたしの気持ちを見透かしたように、クスッと笑った。

梅川は、柳橋でも名の知れた料理茶屋で、田舎から出てきた侍の客が多い。

「大一座だと、立ったり座ったりが多くて落ち着かなくていやだよ」

田舎者の宴席には、だらしのない奴が必ずいるのと、次の座敷の約束が入っていても〈もらい〉が面倒なので、芸者はいやがるものなのだった。

夕方になってやっと雨がやんだ。

道がぬかるんでいるので、あたしは思いっきり着物の裾《すそ》を端折《はしよ》って歩いてゆく。お銭さんが、三味線《はこ》を風呂敷に包んであたしの後を付いてくる。

往来を歩けば、芸者はやっぱり目立つから背筋が伸びる。昔は、よくお姐《ねえ》さんたちに、「ツンとするな、シャンとせよ」と言われたものだった。

あたしたち芸者衆は、いつも他人の視線に鍛えられている。素人衆は、こうした気持ちの張りがないから、女としての何かがゆるんでいるのだろう。

橋の南にある梅川では、案の定、ぐでんぐでんに飲み抜けになった田舎侍たちが、何やらわめきたてて、座敷は乱れに乱れていた。

こうした宴席の料理は、江戸風に醬油と砂糖で、ひたすら甘辛く味付けしたもので、たいがいの客は、吸い物と刺身にだけ箸をつけ、あとは折詰にして持ち帰るものなのだけれど、今日の一座の膳の上を見回すと、もうすっかり食べ尽くされて、折りの必要もなさそうだった。

どの男たちもお国なまり丸出しなので、あたしたちには何を話しているのか、さっぱりわからなかった。

こういう時は、古株の女中のしっかりした姐《ねえ》さんに助けてもらう。女中は、芸者の引き立て役に徹しているから、着物も地味で、空《そら》笑いせず、空世辞《からせじ》を言わず、それでも一座をしっかり見ている。

「なんでも水戸《みと》の方たちだそうですよ」

「……水戸」

いわゆるズーズー弁に聞こえたので、北の方の人たちかと思ったら、水戸だという。

「なんでも、水戸のコンニャク大尽が、同郷のお侍さんたちをお招きしたとかで……」

ところが、この水戸のコンニャク侍たち、芸者と言葉が通じないのにイライラして酒ばかり飲み、座敷が広々しているのは刀を振り回すためでもないのに、しまいには刀を引っこ抜いて剣舞などやりはじめている。

からまれた半玉《おしやく》の悲鳴が聞こえてきたので、あわてて座を取りなしに行ったり、酔って喧嘩《けんか》をはじめた客をなだめたり、とにかく騒々しいことこの上ない。

出先の家《うち》の敷居をまたいだら、八方へ愛嬌《あいきよう》を振りまかなければならないのが、あたしたちの稼業だ。

「姐さん、着替え……」

女中が口を切ってくれて、座敷の芸者たちは、次々と逃げるように別室に下がって襟付きの着物に着替える。そのまま、後口《あとくち》がかかって、別の座敷にゆく妓《こ》もいる。

あたしは、なごやかに座の取り持ちをしながら、もうひたすら酌をして酒を飲ませることにした。

芸者をあげておきながら、酌をさせるだけなんて最低だ。これで芸者買いをしているつもりなんだから、いやになるけれど、数年前の、いわゆる〈癸丑《きちゆう》の黒船来航〉からこっち、どうも世の中が騒がしくなって、柳橋にも、こうした芸者と花魁《おいらん》の違いのわからないような手合いばかりが、やって来るようになってしまった。

「おはんが着ちょい着物《きもん》は……ヒケッのごつじゃいな」

あたしが、やっと最後に、縞《しま》の着物に着替えて座敷に戻ると、黙々と飲んでいた若い男が、突然そう言ってあたしを見つめた。

「……えっ？　ヒケ？　ヒケって？」

あたしは思わず男の言葉に聞き返した。

「ヒケッは、ヒケッじゃ……」

男は、困ったように口ごもる。

「火事ン時《とき》の……」

「ああ、火消しのこと」

あたしはようやくわかって、同時にガックリきてしまった。

出の衣裳《いしょう》である紋付から、着替えの着物になると、客は、芸者が急に内輪の者になったようなうち解けた気分になるという。でもその普段着を見て、火消しのようだと言うのは、よっぽどの田舎者でも珍しい。

柳橋の芸者は、深川芸者の遺風を残しているから、薄化粧で、着物も渋好みが粋《いき》とされていた。

今日のあたしの着替えは、乱竪縞《らんたつ》の唐桟《とうざん》というごく地味な縞の着物だった。

この縞の唐桟と……町火消しの鳶《とび》の者が着ているような木綿縞の区別が、どうやらこの男にはつかなかったとみえる。

見た目は同じような縞模様でも、値は雲泥の差なのに。

もっとも縞を見分けて、産地までわかるのは、よほどの目利きだと言われていた。

男の盃《さかずき》を持つ手には、ひどいマメができていて、額際に面ずれができているところをみると、どうやら相当の武芸者であるらしかった。縞の違いがわからなくてもしかたがないのかもしれない。

たどたどしい会話を根気よく続けているうちに、この男は水戸者ではなくて、薩《さっ》摩《ま》人であることがわかった。隣にいる男とは兄弟で、兄は二十八、自分は二十三だという。

あたしと同い年だ。

名前は聞かない。こうした席で、本当の名を名乗るとも思えなかったし、浮き世のシッポをちらつかせるのは艶消《つやけ》しというものだ。

しみじみと眺めてみると、男は南国特有の浅黒い彫りの深い顔立ちで、眉《まゆ》がりりしく、ガッチリとした体躯《たいく》の持ち主だった。

「おいは〈ぶにせ〉じゃっどん、こんわろは、国元《かごつま》では〈よかにせ〉ち、評判じゃったとよ」

兄が隣から口をはさんだ。

「よかにせ……」

江戸では、あまりもてそうなご面相とも思えなかったが、薩摩ではこういう顔がいい男というのだろうか。

「国元にいい人がいるんでしょ」

あたしはあたりさわりのない軽口をたたく。困ったように、男はモソモソと口ごもった。

「こんわろには、江戸に〈ゆなづけ〉がおってな」

と、兄の方が自分のことのように嬉《うれ》しそうに胸を張った。仲のよい兄弟であるらしい。

「ゆなづけ？」

「うっかたになるオゴジョじゃっ」

「うっかた？」

「嫁女《よめじょ》のこつ」

「ああ……」

やっとわかった。許嫁《いいなずけ》がいる、ということらしい。

その兄の方が、水戸の侍に呼ばれて立って行ってしまうと、残された弟の方は、小声でぽつんと呟《つぶや》いた。

「だいでん、よかったとよ」

「え？」

許嫁など、誰でもよかったのだと男は言いたいのだろうか。こんな席では誰も本ポロリと心を明かしたりしない。

だが逆に、もう会うことはない客と芸者の付き合いという気安さから、本音がこぼれることもある。

「許嫁は誰かに決められたもので……惚《ほ》れたとか、そういうものとは、また別ののでございますものね」

男は黙っている。

家を守る女がいるから、男たちは安心して束の間の恋のまねごとにうつつを抜かすことができるのだろう。

「若いうちは、そのへんがね……」

女は心の折り合いが、うまくつかない。

あたしはもう、わかってしまっている。

たいがいの男は、芸者のあたしとは、自分の都合のいいときに付き合いたいだけ。

あたしだって愚痴を言いたくなる時も、弱音を吐きたくなる時もあるのに、そんなあたしを、受け入れようとしてくれる人はなかなかいない。

結局は、自分の人生を丸っぽ誰かに預けようという料簡《りょうけん》が、間違いのもとなのだろう。

「殿方は、都合が悪くなると忙しい忙しいって、言い抜けするけれど、忙しい合間を縫って、手軽に女とも恋をしようなんてね」

「やっせんか？」

男は困ったように、「やっせん、やっせん」と言いながら、ダメダメと言うように手を振るので、やっとわかって思わず笑ってしまった。「だめか？」と念押ししたかったらしい。

「だめですよ。惚れたはれたは、そんな効率よくいきゃしません。無駄や面倒を楽しむ気持ちがなくちゃ……手軽に女を楽しみたければ、別のところへいらっしゃいまし」

一座の侍たちは、そろそろ吉原《よしわら》に繰り出そうと、慌ただしく支度をはじめている。そう、ここはいくら金を積んでも振られたりするところだ。振られたくなければ、吉原にでも行けばいい。

ちなみに厳密にいえば、〈芸者〉というのは吉原芸者をさす言葉で、あたしたちみたいな芸者は、正しくは〈町芸者〉という。あるいは単に〈酌人〉と呼ばれる。

それだけ吉原の芸者は特別だった。

襦袢《じゅばん》の白襟や、裾模様《すそもよう》の着物なども、吉原芸者にだけ許されているものだから、あたしたちは薄い色のついた襟をかけたり、髪に挿す簪《かんざし》や笄《こうがい》も、ごく地味なものにしている。

それでも、ちょっとでも吉原芸者を真似たりすると、すぐ吉原から抗議がくるのだった。それを〈察当《さっとう》を喰《く》う〉と言った。特にこの頃は、吉原は寂しくなり、柳橋は熱くなる一方だから、些細《ささい》なことにも目くじらたてて、うるさく言ってくる。

そんなふうに吉原を特別扱いするのは、吉原芸者だけは、決して〈色を売らない〉からだという。吉原は、色を売るのが専門の女がたくさんいるから、芸者は、その仕事を横取りしてはいけないことになっているのだ。だから、吉原の座敷では、芸者は客と花魁《おいらん》を同じように客としてたてなければならないらしい。吉原の芸者は、いくら格が上でも、主役はやっぱり花魁だから、脇役にしかなれない。あたしは、そこがつまらないと思う。

「さぁ、置いていかれてしまいますよ」

薩摩《さつま》男を送り出しながら、あたしは、なんだかずいぶん年をくったような気分になっていた。

たしかに芸者の世界では、二十三というのは年増と呼ばれ、もう若いとは言われない。だけど、それなりに訳がわかってくる年頃でもあるから、そこが味だと喜ぶ客もいる。

まるで拉致《らち》されるように、水戸の侍たちに連れ去られそうになって、男はあわててその手を振り切って戻ってきた。

「おまんさあの名は、なんちゅうとね?」

コンニャク屋の主人が気をきかせたつもりで、「こちらの姐《ねえ》さんは、柳橋じゃ名の知れた〈破れ傘〉の玉勇さんですよ」と、言わなくてもいいようなことまで口にした。

「破れ傘?」

「……させそうで、させないってね」

コンニャク屋が小声で囁《ささや》くと、周りで聞いていた男たちの方がドッと笑い声をたてた。

まったく……勘違いしている男が世の中には多すぎる。

座敷という場で、客として会っている以上、そう簡単に〈させる〉わけがない。

素人とは違うのだ。

芸者は金がかかっているということを、みんなわかっていそうで、どうもわかっていないような気がする。

着物を新調すれば、揃えて長襦袢から、帯、履き物、髪に挿す簪《かんざし》まで必要になり、最低でも一年で三十両以上は稼ぎがないとやっていけない。

芸一筋では、基本的には立ちゆかない仕組みになっているのだ。旦那《だんな》を取るか、

〈陰〉と呼ばれる枕席《ちんせき》を取るか……しかも表だっては柳橋芸者は粋《いき》で、色は売らないことになっているから、あからさまにやらないところが技倆《うで》なのである。

だから特に座敷では、そう誰にでも簡単に惚れたりしないのだ。

表向きは、〈させそうで、させない〉くらいにしておくのが、ちょうどいい。

それに、あたしを丸ごと引き受けようという気骨もない男たちに、本当の顔を見せる必要なんかないだろう。

「さぁさ、吉原におたち……」

羽織を着せかけながら、あたしは改めて薩摩の男を見つめた。立ち上がると見上げるほど長身の偉丈夫だ。

ふと羽織の背紋に目がゆく。

「この蝶《ちょう》みたいな家紋は……何？」

「蝶？　蝶じゃね、蔦《つた》じゃっ」

「蔦？」

「〈変わり浮線蔦《ふせん》〉ちゆう」

「まぁ、こんな蔦紋もあるのですね」

あたしは思わず羽織の背紋を指でなぞった。

「あたしたちの稼業は、蔦を紋にする人が多いんですよ」

「そげんな」

「……からみつくから」

「芸者は、からんつっとも芸か？」

男はクスッと口の端で笑うと、目元がちょっとやさしくなった。

「そう、からんつっとも。……芸は、生きざまなのかも」

そう言うと、男は「じゃっ」と素直に頷《うなず》いて、何か俗謡を口ずさみながら連れの男たちの後を追った。

それが、なかなかのいい声だった。

あたしは、その後ろ姿を見送りながら、しばらくその低く響く美声に聞き惚《ほ》れた。


その日は、出直りで両国橋近くにある〈巴屋《ともえ》〉からの後口が掛かっていた。

寒中の凍るような空の下に、どこかの座敷から三味線の音色が響いてくる。

巴屋は、ごく洒落《しゃれ》たオツなおいしいものを食べさせると評判の店で、静かな客が多い。

先ほどの〈梅川〉は、〈青柳〉と並んで田舎侍がよく行く店だから、その名前は諸藩にまで聞こえているという。

あたしは、座敷の外に膝《ひざ》をついて、「こちら？」と声をかける。

中から声がしたので、あたしは「ご免なさい」とカラリと障子を開けた。

「こんばんは、ありがとう」

「玉勇か……」

あたしは、軽く頭を下げた。

ここ柳橋は、客に媚《こ》びるのをきらい、お辞儀だってちょんと軽く頭を下げるばかり、前髪が畳につきそうなくらい馬鹿丁寧に挨拶《あいさつ》するのは、素人っぽいとさげすまれるような土地柄だ。

巴屋の客は、〈オバケの殿さん〉と渾名《あだな》されている大身の旗本の殿様だった。ひとりでおとなしく飲んでいる。

家代々、公方《くぼう》様の侍講を勤めているという。

たしかに即興の詩文はすばらしいし、話は軽妙で諧謔《かいぎやく》に溢《あふ》れているけれど……こんなぐにゃぐにゃの柔らかい人が、本当に公方様のお相手をしているのかしらん、とみんなにいぶかしがられている。

座敷に入ると、オバケの殿さんはアクビを噛《か》み殺しながら、茶屋で借りた三味線を爪弾《つまび》いていた。膳の上には、芋とタコの味煮と、ナマコの酢の物が、ほとんど手のつけられていないまま乗っている。

「おや、芋とタコ?」

あたしは笑いながら、銚子を取り上げて酌をする。

「タコは芋が好物で、海から出てきて畑の芋を食い荒らすそうだな」

「よくそう言いますけどね、タコが地面に上がって来られるものかしら?」

オバケの殿さんは意味深に笑う。

「芋は男の持ち物のことで、タコはもちろんチューチュー吸い付く女のことだろう」

殿さんは、ふっと手を止めて、思い切りよく鼻をかんだ。

「……夜更けにおまえの顔を見ると、ちょいと味な気になるな」

待ちくたびれているはずなのに、そんなことは、おくびにも出さず鷹揚《おうよう》に構えている。

今日は梅を見に行ったという。

桜は花見というが、梅は探梅《たんばい》というのだそうだ。

桜のように、咲いている花を愛《め》でるのではなく、梅は誰よりも先に、咲きはじめの花を見つけることが味わいらしい。

寒い中、鼻を垂らしながら小さな蕾《つぼみ》を見つけて喜ぶ、いわば痩《や》せ我慢大会みたいなものなのだろう。

「遊びやなぐさみに関するものは、世の中がこう騒々しくなると、日々下等になっていくようだ」

風邪をひいたのか、オバケの殿さんは、しきりにクシャミをしている。

「風流も粋も、痩せ我慢が肝心だ、ってことを、水戸や薩摩のお侍さんたちにも、ちっとは知ってもらいたいもんだわ」

あたしは、殿さんのそばの火鉢をのぞき込んで、ふーふー息をかけて火をおこしながら、ちょっと愚痴になる。

やっぱり、〈遊び〉はこうゆったりしてなくちゃだめだ。

「……くやくや、か」

「そう、くやくや」

あたしたちは、顔を見合わせて笑う。

〈くやくや〉というのは、百舌《もず》の鳴き声のことで……田舎武士の訳のわからない国なまりのことをいう。

このオバケの殿さん曰《いわ》く……柳橋芸者の特徴は、他所《よそ》の芸者より自尊心が強いことなのだそうだ。

たしかに気概があって、ベンチャラを喜ばない。

みんなスッキリ垢《あかぬ》抜けていて、会話は当意即妙……そうでないと、柳橋に来る客は満足しない。要するに、客が芸者を育てているということなのだろう。

殿さんはうつむいて、三味線の音を確かめている。

そしてそう、こんなふうに……下手な唄を客に楽しく唄わせたり、踊らせたりするのが、いい芸者といわれている。

客というのは、いい三味線の音色を聞くよりも、たとえ下手なステテコ踊りでも自分で踊りたいものらしい。話し上手より、話させ上手が喜ばれるのである。

この殿さんは、驚くほど長い顔をしている。手ぬぐいで頰被《ほおかぶ》りしようとしたら、顎《あご》の下で結べなかったといわれるほど長いのだった。

だから、〈オバケ〉と呼ばれている。だらんと長い顔なので、〈へちま〉という妓《こ》もいる。本人はなんと呼ばれても平気だ。

殿様面とはこういう顔なのだろう。

江戸でもてるのは、こうしたおっとりとした顔である。

「芸者は犬と一緒で、一年で七つくらい年を取るんじゃないのか」

「さてねぇ……殿さんだって、まだお若いのに」

考えてみれば、この殿さんもたしかあたしと同じくらいの年だから、さっきの薩摩の〈浮線蔦〉とも同年輩ということになる。

同じ年頃でも、ずいぶん違う。

この殿さんは、すでにこの界隈《かいわい》では遊び尽くし、これまでに二千両余りの大金を散じていると噂されていた。

「お玉姐《ねえ》さんは艶色絶技《かおよしげいよし》……だが、淫乱《いんらん》の相だな」

「え、そうなの？」

「目が水を含んだように濡《ぬ》れていて、睫《まつげ》が多く、眉《まゆ》と額の生え際が濃いのは淫乱の相……うなじの生え下がりが長いのも、させたがる性分」

あたしは思わず笑ってしまった。

「あたしは、殿さんとは、そういうことはなしですよ」

そう決めている。この男とは、いつか……お互い白髪になった時にでも、しみじみ語りあえる仲にしておいた方が楽しそうだ。

老妓《ろうぎ》と呼ばれる年老いた芸者には、味のある女が少なくない。そんな年まで座敷をつとめて……と哀れむ人もいるけれど、ひとり気ままに自分身《じぶんみ》を養っている姿は、いっそ潔くさえ見える。

そんな老妓が昔なじみのお客さんと、しっとり話をしている様子は、なんだかとてもいいものだ。

「惚れるって、案外むずかしいものじゃないでしょうかね……」

あたしは殿さんから三味線を取り上げて、調子を合わせる。

「むずかしいと言えばむずかしい……やさしいと言えばやさしい。つまりは、やさしすぎるから、むずかしいのサ」

「うふふ……」

あたしは、このオバケの殿さんとは男女の深みにはまらない代わりに、何でも明かしてしまうことにしている。

ひとつぐらい空気抜きの穴を作っておかないと、ある日突然、爆発してしまいそうな気がした。

こんなふうにきわどい話もさらりとかわして無駄な話ができる男がいるって、なんだか贅沢《ぜいたく》な気分になる。

男にとっても、こうしたよき話し相手、遊び相手になる女は、妻や、ましてや母親や娘ではなく……たぶん芸者しかいないのだろう。

「そろそろ引き上げるか」

ははぁ、とあたしは察しがいいから感づいて、スッと立ち上がった。

〈巴屋〉の裏口は大川に面している。

オバケの殿さんを送り出して、帰ろうとしたけれど、迎えがまだ来ていなかった。

その時、暗闇から響いてくる轟音《ごうおん》がピタリとやんで、のっそりと大男が立ち上がった。

「ああ、びっくりした。今日はお銭さんのかわりに、ドーカンさんがお迎えか」

男は巨漢である。上背もあるが丸々と太っていて、道教の神様の〈道観《どうかん》〉みたいに頭が大きいから、〈ドーカンさん〉と渾名《あだな》されている。

ちなみに〈粋《いき》〉というのは、オバケの殿さんみたいな面長で、その上瘦せていて姿がよくないとダメだと言われている。ドーカンさんみたいな丸顔は、はなから粋とは認めてもらえないのだ。

あたしは大川をすべるようにゆく鷹《たか》の羽《は》紋をつけた屋敷船を見送った。船の中では、オバケの殿さんが、馴染《なじ》みの芸者か、あるいは半玉《おしゃく》と、今頃、しっぽりだろう。

「芸者遊びは、枕席《ふかいところ》でしか真情はわからない」と柳橋で遊び尽くした殿さんはいう。すだれを下ろした屋敷船の提灯《ちょうちん》の明かりが、川面に揺れながら流れてゆく。

「ドーカンさん、はい、おみ折り」

あたしは巴屋で詰めてもらった料理の折詰をドーカンさんに手渡した。

ドーカンさんの本当の名前は、渡辺昇という。昇はノボルではなくて、ノボリなのだそうだ。

昔、ちょっと馴染んだ男が、「すごい遣い手だ」と用心棒に連れてきてくれたのがはじまりだった。ふだんは剣術の道場に住み込んでいるそうで、今でも気が向くと来てくれる。馴染んだ男とは、とっくの昔に切れたというのに、何もない男とは、こうして呑気《のんき》に続いているのが、なんだかおかしい。

だからよく客の中でも、芸者とは男女の間にはならない、という男もいる。その方が友として長く付き合えるというのだ。

この頃あまりに夜道が物騒なので、ドーカンさんの好意はありがたかった。

「ドーカンさん……今日は裸足《はだし》かい？」

「おぅさ、あいにくみんな出払ってしもうて、わしぁ後れをとった」

ドーカンさんのいる剣術の道場は、三十人近い門人が道場に住み込んでいるのだが、みな貧乏でピーピー言っていて、共用の下駄《げた》は、十五、六足くらいしかないのだという。

要するに、門人たちはあいている下駄を履いて外出し、下駄がなければ裸足ということになるらしい。

「巴屋の香物《こうこう》は臭くなくてうまいからな……」と、ホクホクしている。

残り物をきれいに詰めて、おみやげの折りにするのが、料理屋の女中の腕とされていた。

巴屋の料理で香物を褒《ほ》めるなんて、ふだんは何を食べているのだろうと、あたしはいつも呆れてしまう。

丸顔の童顔で、妙に人なつっこい男なのだが、まったく得体の知れない男である。どこでもすぐ寝てしまう。しかも、巨漢のせいか、ものすごいイビキなのである。実際、この間など深夜、用をたしているうちに、厠《かわや》で尻《しり》を丸出しにしてしゃがんだまま寝込んでしまい、真っ暗闇の中、厠から聞こえてくる不気味な重低音に、人々は恐れおののき、大騒ぎになったことさえあった。

故郷は肥前《ひぜん》の国大村だという。父親は、大村藩の重臣で、地元では屈指の旧家なのだそうだ。剣術修行に励みながら、江戸の情報をせっせと国元に送っている。その点では、諸国から若者の集う道場や、柳橋の芸者の用心棒なんていうのは、なかなか好都合なのだろう。

女には、からきしもてないらしい。

「別にかまわん、女なぞにもてなくても」

ドーカンさんもまた、二十三で同い年だから、あたしはいつも遠慮会釈もなく、

「ちっとは女の方も稽古《けいこ》しなよ」とからかっている。

これくらいがさつな男だと、情夫《おっこち》と疑われることも絶無だから、あたしはかえって気が楽なのだ。

ドーカンさんには兄がいて、この兄さんが細面のスラリとした長身の美男子で、

しかも学問もよくできるらしい。ドーカンさんが剣術にのめり込んでいるのは、どうもこの兄さんに対する劣等感が原動力になっているのではないかと、あたしは睨《にら》んでいる。

でも、ドーカンさんは、暗いところはみじんもなくて、陽気で親切で世話好きで、気さくに大声でよくしゃべり、よく笑う。

道々この破《わ》れ鐘のようなドラ声で豪快にしゃべりまくっていれば、辻斬《つじぎ》りだって怖気《おじけ》づいて寄って来ないんじゃないかと思うほどだ。

身振り手振りを交えて面白おかしく喋《しゃべ》りながら歩いて行くドーカンさんが、一瞬沈黙したので、どうしたのかと思ったら、突然、「ぶぁくしょーん!」とすさまじいクシャミをして、「……ちくしょう」と、着物の袖《そで》で勢いよく鼻をかんでいる。

気はいいのだが、なんともやかましい男なのであった。

浅草寺《せんそうじ》には、毎月〈お茶湯日《ちゃとうび》〉と呼ばれる特別の参詣日《さんけいび》がある。この日にお参りすると、御利益が倍増するという。七月の四万六千日のほおずき市がその最たるものので、その他の月にも、だいたい月に一回定められている。

あたしは、いつもお茶湯日は欠かさず参詣する。

参拝してふるまいのお茶を飲みながら、今にも雨粒がぽちぽち落ちてきそうな空を見上げていると、「お玉ちゃん!」と声をかけられた。

「タオちゃん、遅かったネ」

多緒《たお》は、髪も結わず、浪人者のように長い髪を後ろで一つに束ね、男仕立ての着物に細帯を締めている。

スラリとしているから、一瞬男のようにも見える。

刺青師《ほりものし》の多緒も、必ずお茶湯日には観音様にやって来るのだった。

「お玉ちゃん、傘持ってこなかっただろ、ほら持っていきな」

多緒は二本持ってきた傘の一本をあたしに押しつけた。江戸っ子は、男も女もお節介で親切だ。

多緒も、あたしと同い年で、あたしのことを本名で呼ぶ。ものすごい美人なのに、多緒の女らしい姿を見たことがなかった。どうやら筋金入りの男嫌いらしい。

不純な動機で多緒に刺青を頼みに来る男もいるけれど、多緒はピシャリとはねつけて相手にしない。

「だいたい、女の刺青師なんて、ろくなもんじゃないでしょ」

自分でそんなことをうそぶいている。

たしかに女で名人の刺青師というのは聞いたことがなかった。刺青は……十年で駆けだし、二十年でやっと一人前、といわれる世界である。

「一人前になる頃には、おばあさんになってるよ」

　ほんの手慰みなのだと多緒は言う。

　背中いっぱいの刺青などは引き受けずに、腕に彫った「〇〇様命」というような起請《きしよう》彫りを、美しい刺青で消してしまったり……片腕だけ、というような〈いたずら彫り〉を得意としている。

「女なんかに大事な看板をまかせられるかい」と、男たちに毒づかれても、ふふん、と鼻先で笑っている。

「別にそんな仕事はしたくないもん」

　女なんかを相手にすごんでいる男は、肝っ玉が小さいんだよ、と涼しい顔をして相手にしないのだ。

　多緒のところには、密《ひそ》かに刺青を入れたいと思っている娘たちが出入りしている。

　案外そうした客は多かった。

　とびきりきれいな刺青を、こっそり入れてみたい。

　起請彫りみたいな男のため、なんていうのではなく、自分自身が楽しむために。

　自分自身が励まされるような。何かの〈きっかけ〉や、〈決意〉になるような……

　自分のための、ひそかな刺青。

「あたいが彫りたいのは、そういう刺青なの」

多緒は、胸がうすくて男の子みたいな体をしている。その体は、まだ墨に汚れていない。

自身に刺青のない刺青師なんて、信用がおけない、という人もいる。自分の体を稽古台《けいこだい》にして、刺青師は一人前になってゆくものだからだ。でも、多緒はシミ一つない雪のような白い肌をしている。

「別に一人前って言われなくてもいいんだ」

根っから人と競う気持ちが薄いのか、自分の居場所に頓着《とんちゃく》がないのか……多緒は、いつも淡々としていて、あたしは時々うらやましくなる。

多緒は根無し草のように、あちこちを転々として暮らしている。

表向きは、刺青はご禁制だから、と多緒は言うけれど、本当はただ一所にいるのがいやになってしまう性格なのだろう。

「つまんないの……」

多緒がぽつりと言う。

「毎日、忙しいだけで……つまんない」

「そうだね、つまんない」

あたしは、金平糖《こんぺいとう》を一包み買って、多緒と二人、カリカリ食べながら歩いた。

満ち足りなくて、つい何かを口にしたくなる。ただ甘いだけじゃだめなんだ……こうしたコリリと歯ごたえのあるものを嚙《か》み砕きたい。口寂しいだけなのかもしれない。おしゃべりで紛らわせることもできるけれど、それもなんだか惨めな気がして、あたしは早々に多緒と別れた。口が寂しがっている。誰かにふさいでほしい。息が苦しくなるくらい。埃《ほこり》っぽい匂いがして、雨が降りはじめた。いっそ雪になればいいのに、冷たい雨だった。

あたしは多緒が貸してくれた傘を開いて歩きはじめた。その時、向こうから先日、柳橋の梅川で会った〈浮線蔦〉紋の男が、数人の侍と一緒に来るのが見えた。地面に引きずるほど長い刀を差している。

と、同時に、その後ろになにやら怪しい人影が見え隠れするのも、あたしは見逃さなかった。

男は、目がいいのだろう、とっくにあたしには気づいていたようで、なんだか意識した視線をあちこちに泳がせながら歩いてくる。

あたしはすれ違いざま、傘を男にさしかけた。

「先日はどうも……」

と、あたしは傘の中で、男に囁《ささや》いた。

「……後ろに何かくっついて来てますよ」

「えっ？」

男の顔色が変わった。だが、慣れているのか振り返りもせず、態度はまったく平然としている。

この頃流行《はやり》の攘夷《じょうい》などを叫ぶ不逞《ふてい》浪士の一味なのかもしれない。

あたしは、愛想よく笑ってすぐに別れた。もちろんかかわりあいになるのは御免だから、振り返って見もしなかったけれど。


あたしは、朝と、それから座敷に出る支度をする前の、一日に二回は湯屋《ゆうや》に行く。

今日は、長唄《ながうた》の師匠のお稽古がお休みなので、ゆっくり浸かっていい気持ちで戻ろうとしたら、湯屋の角で、突然、先ほどの〈浮線蔦〉に呼び止められた。

どうやらあの後、そっと後をつけてきて、湯屋に入ったのを見届けたのか、ずっとあたしが出てくるのを待っていたらしい。

湯屋の軒先で雨をしのぎながらも、その肩先が吹き込んできた雨に濡《ぬ》れそぼっていた。

「なんです？」

あたしはちょっと切口上で問いつめた。

「……礼をゆもんそ」

「ああ、いいんですよ。それより、かかわりあいになるのは、御免ですよ」

あたしははっきりものを言う。

男は、小さくうなずいてから、

「そげんしてん……江戸のオゴジョは、長か湯じゃっどな」

と、この男にしては精一杯の冗談を言った。

「あたしは芸者ですから……素人衆とは洗いようが違います」

「そげなこっか……」

男は困ったようにあたしの後をついてくる。仕方ないから、あたしは傘の中に男を入れてやった。背の高い男のために、手を精一杯伸ばして傘を持っているのを見かねて、男はあたしの手から傘を取り上げた。

「なんか、こん前とは別人のごっ見ゆっど」

傘の中で、男はまぶしそうにあたしを見下ろした。

「あはは、今日は白粉《おしろい》っ気のない、湯気のたってる素っぴんだもの。でも、お湯に入ると芸者だって、わかっちまうんですって。あすこの洗い方が違うらしいの」

男はなんと答えたものか、困ったように黙りこくっている。

あたしは、ちょっとこの男を、からかいたくなった。

「まぁ、冷たいお手々だこと……ずいぶん長いこと待っていたんですね」

マメだらけの手は、ひんやりと冷たかった。熱湯《あつゆ》から出たばかりのあたしは、その冷たさが心地よくて、上気した頰にくっつけてみた。

「ああ、いい気持ち」

男は、怒ったように手をひっこめる。そんなつもりで待っていたのではない、と言いたいのだろう。

でも、本心はわかっている。

「あのあと、どうでした？……吉原」

「そんまま帰っきもした。なんか白粉くせっせぇ、きっさね気がしもした」

「きっさね、って？」

「きっさね、は不潔ちゅうこっじゃっ」

通じないながらも、だんだんにわかってくる。

だいたい身振りか……あるいは漢語で言い換えれば、なんとなくわかった気分になるようだ。

「おやおや……許嫁《いいなずけ》への義理立て？」

「〈ゆなづけ〉か……」

男は黙り込んだ。睫《まつげ》が長く、瞳《ひとみ》に影を作っている。

「祝言はいつ？」

「キュじゃっ」

「きゅ？」

「……今日」

「えっ、これから？」

「よいのもてじゃ」

「よいのもて、って」

「……夕刻」

「ああ、それにしたって……」

たしか、江戸に許嫁がいるとは言っていたけれど、祝言だというのに、こんなところでウロウロしていていいのだろうか。

あたしが呆《あき》れたような声を出すと、男はしんとしてしまった。

どうやらあまりおめでたくもないらしい。

「仮祝言じゃっ」

形だけのものなのだ、と言い訳するように男は言った。

「おいは、わっぜえ遠かとこせえ、はっちかんといけん」

〈はっちかん〉は出かけるという意味だろうか。形式だけの祝言を挙げるということなら
遠いところへ行かなくてはならぬ前に、形式だけの祝言を挙げるということならば、たしかに妻となる女性が哀れにも思われた。

「それでなぜ湯上がりの女を待っていたの？」

あたしは、もう一度、その手を握った。

「当分、江戸に戻らないのならば……どう？　江戸の土産に」

あたしは座敷と、それ以外の場所では、どうやら料簡《りょうけん》の置き所が違っているらしい。

座敷では気を張っているので隙がなく、ふだんは気がゆるんでいるせいか、ちょっとした悪戯《いたずら》心が疼《うず》いてしまうのだ。

「おまんさあは、色は売らんとじゃっどが」

「ええ。でも、色を売らない、というのはね、その売らない色さえ……場合によっちゃあ、進上しないこともありませんよ、ってことなんです」

男は、混乱したような顔をしている。

こうした気味合いがわからないと、色の道はおもしろくない。

「高《たけ》とね？」

突然、そんなことを言い出すので、あたしは思わず笑ってしまった。

「ははは……恋をしようっていうのに、値を聞くなんて、野暮だねぇ」

「恋け……おいは、わかりもさん」

男はぼんやりと遠くを見るような眼差《まなざ》しになった。

「うふふ、たいていは恋なんて、誰も知りませんよ。『恋と幽霊は同じで、噂に聞くけど、誰も実物は見たことない』ってね、言いますもん」

男は、ちょっとほぐれたように笑った。

どんよりした空からは、冷たい雨が降り続いている。

「冷えるね……どっかで温まっていきましょうか？」

「……蕎麦《そば》でん、たもんそか？」

あたしはこの頓珍漢《とんちんかん》に真面目に答えることをあきらめて、腕を引っ張るようにして、茶屋の一室に引っ張り込んだ。

湯気の立っているあたしは、男の冷えきった体を温めるように、一つ布団にもぐり込む。

雨戸を閉めた窓の外は、シャリシャリと雨が音をたてている。

「しっぽり密会にはちょうどいい」

あたしはゆっくり男の口を吸ってみる。

男はもう何も言い訳しなかった。不器用に体のあちこちに唇を押しつけてくる。

「どんなに暗くしても、昼は気が散って、しんみりしないよ」

「目をつぶっちょらんか」

真面目に答えるので、あたしはなんだか可笑《おか》しくなって、ちょっと笑い声をたてそうになってしまった。

「上に乗って……」

足をからめると、男の体はひどく冷たい。

なんだかいとおしいような気持ちになって、背中にまわした腕に力をこめる。

唐突に体を入れて来た男は、夢中になってひとつのことに熱中している。

「まだ……」

なだめるように口を吸う。

昼間はつい、あたりへ声を漏らすまいと堪《こら》えるから、息も苦しくなってくる。衣《きぬ》擦《ず》れの音がせわしなく聞こえるほど、雨の午後は静まりかえっていた。

男は獣のように呻《うめ》いて、容赦なくその鋼のように鍛えられた体の全部を使って打ち据えてくる。その激しさに、あたしはすぐ、どうされてもかまわないような気持ちになってしまった。

何かが、この男の中で爆《は》ぜて消えてゆく。

「せつねかったな？」

おとなしくなった男は、我に返ったように、優しい声を出した。

「ビンタが、やんかぶっちょっど」

「え？　ビンタ？」

男は、そっと髪のほつれに触れた。

「やんかぶる？」

男は、「やんかぶる、やんかぶる」と言いながら、自分の髪をボサボサにする真似をしてみせる。

「ああ、髪がこわれた、ってことネ」

あたしは、男が真面目に心配しているのが、なんだかちょっと可愛らしくなって笑った。

「いいよ、髪なんか……」

あたしも昔は、髪が壊れることを気にしてばかりいた。芸者屋に抱えられている頃は、髪の結い賃にも気兼ねして、とにかく髪を壊したくなかったから、一生懸命、首を持ち上げるようにして髪を守って色事どころじゃなかったものだ。

今は自前になって、気ままに髪が結えるだけでも、いい身分になったと思う。

「そん髪《かんのけ》は、なんちゅうとね？」

「え？　これは〈おいそ〉って、あたしたちは言っているけど……」

「島田とは、ちごとな？」

男は、細工物でも見るように、あたしの髪を眺め、髪油の匂いをかいだ。

あたしはクスッと笑った。

「そう、島田のことだよ。江戸の人間は、『今日は暇だ』って言うのは、なまって『今日はしまだ』ってなるでしょ？〈しまだ〉は縁起が悪いって言うの。それで〈しま〉の反対の〈忙しい〉の〈いそ〉をとって、〈おいそ〉って言うのよ」

男は声をたてて笑った。本当に腹の底から楽しそうな声だった。

「縁起かつっじゃいな」

「そうよ。観音様のお茶湯日だって、三十三回続けてお参りすると、願い事がかなうっていうの」

「なんをねごたとか」

「ひみつ」

そう……願い事は、他言してはならない。

「叶《かの》と、よかな」

男は、それ以上聞かずに、そうつぶやいた。

……かなうといいと、あたしも思う。

「さんさ時雨《しぐれ》か茅野《かやの》の雨か、音もせで来て濡《ぬ》れかかる……」

あたしは、そんな端唄《はうた》の一節を思い出して口ずさんだ。

「いいもの見せようか」

あたしが気まぐれを起こしたのは、昼だというのに、あまりに窓の外が暗かったからかもしれない。

男は、大きな体を丸めるようにして、あたしを包み込んでいる。

「……ん？」

ほんの一瞬、ウトウトしていたのだろう、男は、くぐもった声を出した。

「もう会わないなら……他言もしないだろうから」

戸を開けても、外のあかりは鈍く射し込むだけだが、少しは部屋の中を明るくする。

「……さがしてごらん」

あたしは、長襦袢《ながじゅばん》の裾《すそ》をめくってみせた。

股《もも》の内側に……刺青《ほりもの》の藍《あい》が見えるはずだ。

「なんね、こいは……」

丸い紋所が、散っている。

「ほかにも、あるよ」

男は、はだけた長襦袢の奥を探った。

あたしはいつも、襦袢は脱がない。

襦袢の紐《ひも》に縛られていたいのと……秘所の刺青を見られたくないから。

「こいは……」

男は、大きく開かれた太股の内側をのぞき込んで絶句している。

「ないごて、こげなこつすっとか」

「……形見に」

「えっ？」

「交わった男の形見に」

「男の家紋《にせ》を入れちょっとか？」

男は、驚いたように改めて刺青の数を確認した。

「こん、あいしこと……」

「あいしこ？」

「この全部と？」と男は問いただしたかったのだろう、信じられないような顔をして、指でひとつひとつの紋をなぞっている。

「こんあいしこと……」

そこには過去の男の影がある。

それは見る者の嫉妬《しっと》心を刺激することだろう。だからあたしは時々、男たちに見せびらかしたくなる。

男はまた呻きながらあたしの太股を押し広げ顔を押しつけて、その家紋のひとつを舐《な》めまわした。猛《たけ》ったものは、また狂おしくあたしの中に入ってくる。もう何も考えなかった。頭はからっぽにして、体の奥の方の感覚を味わっている。さすがに二度目は男もぐったりと体中の力を弛緩《しかん》させた。

ゆっくりと目を開けると、男はその太い腕であたしを抱き寄せる。

「ないごて、こげんこつを……」

「さぁ……『千人の肌に触れて、一人の親を養う』って言うでしょ」

「親ンためな……」

男は、ごつい手であたしの頰をぬぐった。気づかないうちにあたしは泣いていたらしい。

「こいをやって」

身支度を整え別れる間際に、男は懐にある金を差し出した。

「いらないよ。せめて恋のまねごとにしておいておくれよ」

あたしは、わざとそんなことを言う。

むき出しでお金のやりとりをするのは興ざめだ。

それに、こんなにたくさんの金を渡そうとするなんて……あきらかに無理をしている。

「……とっちょけ」

そこには有無を言わせない強さがあった。

「これで、紋を彫ることにしようか」

本当は、はじめからそのつもりだった。

柳橋の梅川で会ったとき、男の羽織の紋が気になっていた。

「こげん綺麗《きれい》か体を、こいぎい汚《よご》らかさんごたもんせ」

誰もあたしのこの肌の見えないところに、こんな悪戯《いたずら》があることを知らない。

あたしは、芸も売るけど、たまにはこうして生きざまも売っている。

身支度を整えた男が、刀を腰に差したとき、改めてその差し料を見て、あたしはハッとした。

「ずいぶんと頑丈そうな大業物《おおわざもの》だね。なんだか、〈関《せき》の孫六《まごろく》〉みたいだ」

「おまんさあは……」

男は、絶句している。

「芸者は、お客様が座敷に上がる時、刀をお預かりするので、自然と見る目も肥えてゆくようで」

あたしは当てずっぽうに、有名な刀の名を口にしただけだった。それがどうやら図星だったらしい。

「……本当に、関の孫六なの？」

「こいは、借りもんじゃっ」

と、男はあわてて言い訳するように口の中で呟《つぶや》いた。

たとえ借り物だとしても、こんな実戦向きの刀を差しているのは、いかにも薩摩の田舎侍らしくもあり、またざわついてきた時代の風潮をよく写し出しているようにも思われるのだった。

茶屋を出ると、雨は上がって、足下にはビシャビシャに凍るようなぬかるみが残っている。

「おまんさあんよなオゴジョと交われて、まこて、おいは幸せもんじゃっど」

「大袈裟《おおげさ》だねぇ」

男は、江戸の芸者は、刀の鑑定《めきき》までできるのかと、すっかり感服してしまったらしい。

「おいの名は……」

というのを、あたしは指をそっと唇に押し当てて封じた。

ふと思い出して、食べかけのまま袖《そで》の袂《たもと》に入れておいた金平糖の包みからひとつ取り出して、男の口にねじ込んだ。

「……浮線蔦の君」

どうせもう会うこともない。

あたしは、金平糖をいくつか手のひらにあけて、残りを包みのまま男の懐に押し込んだ。

「旅の道中、思い出したらつまんで」

男は、ふくらんだ懐に手をあてている。

「この金平糖のトゲトゲ、なんていうか知ってる?」

あたしはもう一粒、男の口に放り込み、自分自身もひとつ口に入れた。

「トゲじゃなかとね」

舌先でその甘さをもてあそんでいる。

「〈いら〉って言うんだよ、江戸では。金平糖の、いらいら……」

あたしは手に残った最後のもうひとつを男の口に入れた。唾液《だえき》が少し指についた。

「ねぇ、この間、唄《うた》っていたのは、何ていう唄?」

「あいは……琉球節《りゅうきゅうぶし》ちゅう」

「ふぅん。いい声だったね。聞き惚《ほ》れちまったよ」

別れようとして、「じゃあ」と言いかけたあたしの腕を取り、男はあたしの濡《ぬ》れた指先をちゅっと吸った。

「……めにっごあんそ」

「えっ？」

聞き返そうかと思ったけれど、なんとなく気持ちは通じたような気がして、あたしは聞き返さずに、「あばよ」と踵《きびす》を返した。

……ばかやろう。

あたしは、黙々と歩いている。

あいつは何も気づいていない。自分のことしか見えていない。

江戸の女をものにしたことだけを無邪気に喜んでいる。自分の人生の一部が、柳橋の芸者で彩られたことに満足しているのだろう。

でも、だとしたら……。

あたしはなんだか白々した気持ちになってくる。刺身のツマくらいにしか思ってくれない男と、あたしは、真面目に付き合ったりはしない。

男は振り返りもせずに去ってゆく。きっともう明日の自分のことで、頭はいっぱいになっているに違いない。

男は、大事なことをあたしには、何も語ろうとはしないのだ。

だけど……あたしだって。

さみしくて、つい……あたしを欲してくれる、束の間の男を欲しくなっただけなのかもしれなかった。

夜来の雪は、朝になってもやまず、一面の銀世界になっていた。

江戸でこれほどの雪が降ることは珍しい。

今日は上巳《じょうし》の節句だから、新調した着物をおろさなくてはならないのに、雪の中を歩くのは気が重かった。

芸者が着物を新調するのは、元旦《がんたん》、桃の節句、端午、七夕、菊の節句に加えて、衣替えの時期にあたる四月の朔《ついたち》と、九月の朔……そして両国川開きと、天王祭、蛯子《えびすこ》祭……ちょうど年に十回くらいは一式新しいものを用意しなくてはならない。

そのたびに膨大な金がかかる。それは無駄遣いのようにも思えるけれど、この衣裳ばかりは芸者の命で、同じものを着たり、古着を調達したりはできないのだった。客の目はごまかせても、料理屋や船宿の女将《おかみ》さんや女中さんの目はごまかせないから、どうしても衣裳だけはきちんとしたものを、季節ごとに揃えなければならなくなってしまう。

本当は三月からは、着物は二枚になるのだけれど、こう寒いと三枚襲《がさね》にしている人もまだ多い。

その雪の雛《ひな》の節句の日、江戸市中では妙な噂が流れた。

「御大老の掃部《かもん》様が首を取られた」

というのである。

夜、柳橋の〈川長〉に出向くと、人々はヒソヒソとこの話題でもちきりで、節句どころの騒ぎではなかった。

「まさか……井伊《いい》様は御大老でしょ、そうキュウリやカボチャのように首をもがれるもんですかね」

「いえもう本当ですよ。ここんちの小僧さんが、お節句物を納めに行こうとして実際見たそうです」

川長の女中は、声をひそめた。

「小僧さんが歩いていると突然、『寄れッ』っていう大声に顔を上げると……前も見えない大雪で下を向いて歩いていたんですね……そうしたら、掃部様の生首を刺した刀を担いだ男がよろよろと、なにやら俗謡を唸《うな》りながら歩いていたというのですよ。もう腰も抜けましょうさ……」

今日は桃の節句だから、大名たちは総登城の日だった。

その登城途中、大老井伊直弼《なおすけ》が、桜田《さくらだ》御門外で水戸の浪士に襲われたという噂は、どうやら本当であるらしかった。

座敷を引けて表に出ると、雪の大川はいつもより波が高かった。

今日も、お迎えはドーカンさんで、ふとその足下を見ると、なんとも立派な塗り下駄《げた》を履いている。

「ドーカンさん、その下駄どうしたの、またずんと立派なの履いているじゃないか」

この大男は、いい年をして雪が降ると、いつも犬っころのようにはしゃぎまわっている。

この大雪だから、どこからか借りてきたのかと思って聞いたら、「いや、これはのぅ……」と、興奮さめやらぬ様子で、わざわざ脱いで見せた。

「今日の朝、すごい雪だというんで表に出たら、突然目の前の道を早馬が四、五頭駆け抜けて行ってのぅ……こりゃ何かあったな、と思って町に出てみたら、桜田御門で、御老中のどなたかが襲撃されたというじゃないか」

はじめは誰が襲われたのかわからなかったらしい。

まさか大老が数人の浪士に屋敷の目と鼻の先で首を取られようとは、誰も想像できなかったことだろう。

ドーカンさんたちが慌てて桜田門に駆けつけた時は、すでに遺体は片付けられていたが、そこここに、指が落ちていたという。

「いざ実戦となると、鍔《つば》で受けるなんてことはできないもんなんだなぁ、みんな指を斬られてしまったらしい」

ドーカンさんは、剣術家らしい分析を付け加えて説明した。現場には、指だけでなく蓑笠《みのかさ》や合羽《かっぱ》、下駄もおびただしく落ちていた。

「あっ、その下駄！」

「おう、そうよ……」

ドーカンさんはうれしくてたまらない様子で笑った。

「慌てて飛び出したから、こっちは裸足《はだし》だ。今日は総登城のハレの日だから、落ちているのはみんな上等の塗り下駄ばかりなんだ。もったいないから思わず持てるだけ拾って帰ってきた……」

「まったくもう」

あたしは呆《あき》れてしまったけれど、ドーカンさんは、「これから日本もおもしろいことになってきたぞ」と妙に興奮している。

たしかに、白昼、大老が浪人者に江戸城の真ん前で殺されてしまうなんて、徳川開闢《かいびゃく》以来のことだろう。

「それにしてもよ……」

ドーカンさんは、ふとその時、大老の首はどこへ行ってしまったのだろうと、首を担いで行ったという男の道筋をたどってみたという。

「それが御大老の首を打ったのは、水戸の浪士の中にたったひとりだけ混じっていた薩摩の男で、その男が『よか、よか』と叫んで首を打ち落とし、八代洲河岸《やよすがわ》を和田倉濠《だくらぼり》まで血を流しながら歩いて行ったというんだな。なんでも俗謡を口ずさんでいたらしいぜ」

「桜田御門から和田倉御門まで？　まさか……！」

さすがにあたしもびっくりしてしまった。

桜田門から辰《たつ》ノ口《くち》の和田倉門といったら、江戸城の周囲の約四分の一に近い距離になる。

「御大老の首を持って、どこへ行くつもりだったのかしら？」

「わからん。どこへ行くつもりもなかったんじゃないか」

「どういうこと？」

「襲撃した水戸浪士は、みな自首したそうだ。はじめから死ぬ覚悟だったのだろう」

誰かに討ち果たされるまでの最期のひととき……大老の首を江戸城の周囲に引き回そうとしたのだろうか。

「それにしても、その間、井伊家のご家来たちは、何してたのかしら？」

桜田門から和田倉門まで、普通に歩いてもだいぶかかるはずだ。それが、大老の重たい首を持ち、しかも大雪の中、自らも大量の血を流しながらヨロヨロ歩いて行く男を、井伊家の者たちは追って主君の首を取り返そうとはしなかったのだろうか。

「わしだったら、真っ先に殿様の首を取り戻しに行くところじゃわい」

ドーカンさんの胸には、殿様に対する忠誠心がたぎっているから、井伊家の家臣の取った行動は、なんとも歯痒《はがゆ》く思われたことだろう。

首は、行きがかり上、浪士が力尽きて倒れたところに位置していた遠藤但馬守《えんどうたじまのかみ》の家中に預けられた。

遠藤家では、突然、大老の首を預けられ大いに困惑し、大騒ぎになったらしい。

「ああいう時は、やっぱりなんだな、首をしまっておくのに、さしあたって飯びつを持ってきて、そこにしまい込んだらしい」

どこから流れるのか、見てきたような噂がすでに広まっている。

「御大老の首が、まさか飯びつに入れられちゃうとはねぇ」

「それそこよ。徳川《とくせん》のご威光もなんだか翳《かげ》ってきたようだ」

「おもしろいことになってきた」というのは、ドーカンさんの正直な思いであったろう。

「それにしても、まぁ、よく歩いたもんだねぇ」

「まったくよ。あの大雪の中を……しかもなにか唄《うた》っていたっていうんだから驚くぜ」

あたしたちは、夜道を歩きながら、ばかみたいに同じことを繰り返していた。

男は瀕死《ひんし》の重傷を負っており、声を出していないとその痛みに耐えられなかったのかもしれない。

途中には、日比谷《ひびや》御門、馬場先《ばばさき》御門、と二つも辻番《つじ》があったのに、番人たちは、その男の鬼気迫る姿に近寄れなかった。

男は、桜田御門から辰ノ口まで歩き続け、遠藤但馬守邸前でがっくり力尽き、門番に首を預け、切腹しようとしたが、着込んでいた竹胴の紐《ひも》が血を吸って固く締まってほどけない。

男は頭を斬られ、片目と左手の指も失っていた。

「『どのっさあか……どのっさあか……』と、最後は懇願していたそうじゃ」

「どのっさあか、って？」

「どなたさまか、っていうことじゃろ」

……ご介錯《かいしゃく》を頼んもす。

男は振り絞るような声で、周囲の人々を見回したが、誰も恐れをなして応じようとはしなかった。

その時すでに物見高い江戸の人々は、人垣となって〈掃部様〉の首と、瀕死の男を遠巻きに見物していたのである。

「下手人は、それでどうなったの？」

「それが誰も介錯してくれぬものだから、苦しさに耐えかねて、道脇に積もる雪を口に入れて果てたそうだ」

「まぁ……」

それは、雪の日の惨劇ならではの光景のように思われた。


しばらく世間は掃部様の噂で持ちきりだった。実際、掃部様はご病気と発表されたから、あれは嘘であるという人もあり、首は京都の七条河原に晒《さら》されたという噂も流れ、江戸中が騒然としていた。

「なんだかこのごろ騒々しいねぇ」

日本橋の乗物町《のりものちょう》あたりを通りかかると、カンカンチャンチャン金物の音がやかましいので聞いてみたら、この辺は町名の通り駕籠《かご》などを作る乗物師が多いのだが、掃部様の遭難以来、殿様方の駕籠を鉄張りにするというので大忙しだということだった。

「まったくねぇ、陸尺《かごかき》も、鉄張りの駕籠じゃ重くてたいへんだろうね……」

あたしが、多緒の家に着くなり町の様子を話すと多緒も、仕事柄男たちの噂話には通じている。

「なんでも掃部様は、牛の恨みで殺されたんだって」

「えっ？　牛？」

「水戸の殿様は牛肉が好物で、特に近江《おうみ》牛がお気に入りだったらしいの。井伊家は、この近江牛をずっと水戸家に献上していたんだけど、それが掃部様が藩主になったら、急にその献上が途絶えたんで、わざわざ水戸の殿様が頼みに行ったのに、掃部様はにべもなく断ったんだって。……それで、殿様が辱められたって、激怒した水戸藩士が襲撃した、っていうのが真相らしいよ」

「そうか牛の恨みで首を取られちゃったのか」

町中にも、
　モウ御免と桜田門
　食べ物の恨みおそろし雪の朝
などという落首が流布していたけれど、そういう意味だったらしい。

この頃では、牛は、掃部様が首を取られるほど美味《うま》いものなのかと、横浜にある牛肉屋が急に繁昌《はんじょう》しているという噂も、まことしやかに囁《ささや》かれていた。

「それより、お玉ちゃん、知ってる？　この頃、何か道具の首がなくなったり、取れたりした時にね」

あたしは、多緒の前で大きく両足を開いていた。多緒は秘所に近い太股《ふともも》の付け根の肌をきつくおさえて、ピチピチ、ピチピチと墨を入れてゆく。

刺青《ほりもの》は一寸四方を〈一切《ひときり》〉と呼んで、一度に彫るのはその大きさを限度とする。

家紋はちょうどその大きさになるのだった。

「たとえば、大工なんぞが金槌《かなづち》の頭が取れたようなことがあるとね……『こいつはいけねェ、掃部様だ』なんて言うんだって」

あたしは、手拭《てぬぐ》いを噛《か》みしめたままクスッと笑った。

「痛むかい？」

あたしは小さく首を横に振る。

「人目につかないところは、みんな肌が柔らかくて痛むだろうに」

だから、いいんだ。

それはみんな敏感なところ。男たちが甘嚙みしたりしたところ。

多緒は他愛のない話をしながら、あたしの体をどんどん彫り込んでゆく。

「そういえばね、例の掃部様を殺《や》った男の懐には、辞世の句と、品川から大津までの道中先触書が入っていたんだって。万に一つ、命があったら京都に駆け上るつもりだったんだろう、ってもっぱらの噂だよ」

ふぅん……あたしは、ぼんやりと聞いている。

「あとね、なんか懐からは、お菓子が出てきたんだって……待っている間に食べていたのかな」

無邪気にしゃべっていた多緒は、ふと手を止めて、あたしの額の汗をぬぐってくれた。多緒は仕事が丁寧で、あたしは気に入っている。気づかないうちに夜露のような汗をぐっしょりかいていた。

ピチピチと遠響きするような針の音がするところは案外痛くないものだが、針の音がしないところにとても痛むことがある。

あたしは手拭いをくわえてのたうち回りながら、鈍い痛みに耐えている。

……なぜこんなことをしているのだろう。

部屋の中は血の匂いがたちこめていた。それは、男が女の体の中に残してゆくものの匂いに、どこか似ている。

ふぅっと息をついて、多緒の手が止まった。

あたしの体には〈変わり浮線蔦〉の紋が、まだ血に染まったまま藍色《あいいろ》に浮かび上がっている。

血の匂いを嗅《か》ぎながら、あたしはあの雪の朝の惨劇を夢想していた。男の懐に入っていた菓子は何だったのだろう。

なぜかあの〈浮線蔦〉の男が、血を流しながらその長い道のりを歩いているような気がした。

桜田御門外の雪は血に染まり、蹴散《けち》らされて混じり合って、遠目にはまるで一面に薄桃色の桜花を散らしたように見えたという。

床《とこ》闇《やみ》

江戸の人が、〈遊ぶ〉と言う時、すとその間くらいの音になって、〈あすぶ〉と聞こえる。

子供たちは、「あすぼう」と、誘い合う。

大人になれば、「ゆんべは、ちっと柳橋であすんだ」などと言う。

それに江戸っ子は、どうやら田舎の人とは、価値基準が違うようだ。

すぐ、「そいつァ、おもしれェ」とか、「おもしろくねェ」と言う。大事だとか、儲《もう》かる、ということより、〈おもしろい〉かどうかを最優先してしまう。

江戸っ子にとって、〈おもしろく〉生きることと、暮らしの中で〈あすぶ〉ことは、人生で最も重要なことなのだろう。

おもしろく生きるのは、簡単なようで、むずかしい。

遊ぶこともまた、人生を知らないと、おもしろくはいかない。

だから、あたしは毎日を懸命に……遊んで暮らしている。でも、表向きは、軽やかに、いい加減に。

男でも女でも、〈あすび〉を知っている人は、どこか粋《いき》に通じているような気がする。


秋になると、夜がしみじみ楽しい。

先月、吉原で大きな火事があった。

吉原江戸町二丁目にある妓楼《ぎろう》の〈紀の字屋〉から出火して、おりからの強風に、吉原のほとんどが焼け落ちた。

付け火であるという。

吉原が火事になると〈仮宅《かりたく》〉といって、町中での仮営業が許される。

格式の高い店も、この時は、気楽にひやかしにいけるから、仮宅をひそかに楽しみにしている男たちは多い。

女たちも、ふだんは覗《のぞ》けない歓楽街が、突然町中に出現するので、物見遊山《ゆさん》に見物に行ったりする。花魁《おいらん》たちも、久々に町の空気が吸えるから、みんな内心は、火事を待ち望んでいるのだと噂されていた。

だから、吉原の火事はほとんどが放火だという人もある。

今回は、本所《ほんじょ》松井町と、深川仲町、根津《ねづ》門前の三ヵ所に、仮宅の営業が許されていた。

「お玉ちゃん、ねぇ……仮宅、見に行こうよぅ」

刺青師《ほりものし》の多緒がしきりに言うので、座敷の帰りに落ち合って、用心棒にドーカンさんを誘って、本所の方へ出かけて行くことにした。

この日は十五夜で、一点の雲もなく、月が磨いた鏡のように輝いていた。

それぞれの店先に並ぶ花魁たちを、品定めするようにぶらぶらと行き交う人々の影が、月明かりの下にうごめいている。

前を行く男が、〈そそり節〉を唄《うた》いながら、ゆらゆら長い影を引きずって歩いていた。

秋の夜すがら　隈《くま》なき月を　ひとり見る夜はうらめしや

こうした花街で、ひやかしながら唄う時は、語尾を長く引くような唄い方をするので、〈投げ節〉ともいう。

男はスラリと背が高く、懐手を弥蔵《やぞう》にきめて、そのいい声は、ひときわ艶情《えんじょう》をそそり、花魁はもちろん、道行く人々も、つい振り返ってゆく。遠慮がちに〈そそり節〉から少し離れて付き従って歩く男は、どうやら連れのようだ。

「いい声だネ」

多緒とあたしは、早足になって男を追い抜くと、振り返ってどんなご面相か見てやることにした。

「あっ！」

あたしは、ビックリして声を上げた。

「釜《かま》さん……」

「おぅ、お玉ちゃん！」

男も、驚いたように立ち止まって、あたしたちを見ている。

「あ、河野様」

連れの男も、知った顔の河野《こうの》顕三《けんぞう》様だった。この二人は同じくらいの年なのに、なぜか〈釜さん〉と〈河野様〉と、呼び方のくだけ具合が違っていた。

「釜さん……何してンの？」

「カマさん？」

多緒も、ドーカンさんも、その変な名前に首をかしげているので、あたしは釜さんたちを紹介した。

「……本名なんだよ。榎本《えのもと》釜次郎《かまじろう》さんっていうの。お父っつぁんが、子供なんか鍋《なべ》釜《かま》みたいなもんだ、っていうんで、兄さんは鍋太郎」

「鍋太郎、釜次郎！」

ドーカンさんは、豪快に笑った。

渡辺昇なんていう、田舎者の上昇志向丸出しの名前とは、大きな違いだ。

貧乏御家人《ごけにん》の江戸っ子には、こんな洒脱《しやだつ》な……というか、いい加減な名前のお侍がよくいる。

「釜さん……こんなところでフラフラして、もしかして、お勤めしくじっちゃったの？」

釜さんは、ニヤニヤしている。

河野様も、にこにこして静かに釜さんの隣で見守っている。年は同じくらいでも、河野様の方が落ち着いているので、いつも年上に見られるらしい。

「まぁな、久しぶりの江戸だから、河野と連れだって来たのサ」

「相変わらず、いい声だ」

あたしは、声のいい男が好き。

この男と初めて会ったのは、いつだったろう。

釜さんが十七で……あたしは二つ違いだから、十五だった。

長崎に遊学したと聞いていたが、釜さんは、どうやら丸山などで、女の方ばかり、腕を磨いて帰って来たようだった。

芸者は、座敷に出るだけでなく、物見遊山に付き合ったり、御屋敷での集まりに呼ばれたりもする。

「また、アンコウ様？」

このところ、老中安藤対馬守《あんどうつしまのかみ》様から、しょっちゅう〈御屋敷行《おやしきゆき》〉のお約束が入る。

みんないやがって、行きたがらない。

井伊大老が、桜田門外で首を取られた後を引きついだのが、陸奥《むつ》国磐城平《いわきたいら》の殿様、安藤対馬守様だった。

安藤公だから、安公……みんな、アンコウ、アンコウと陰では呼んでいる。

前の大老掃部様が、開国派のくせに異人嫌いだったのに対して、アンコウ様は、異人を邸宅に招いて接待したりなさる。

異人たちは、親しい間柄になると、お互いの家に呼び合ってそれぞれの妻や娘が客をもてなすのだという。

日本では、奥方や姫君が客の前に出ることなど考えられないので、結局、芸者が引っ張り出されるはめになってしまっている。

そんなわけでアンコウ様は、異人を邸宅に招くとき、必ずあたしたち柳橋の芸者を駆り出して接待させるのだが、もちろんあたしたちは、誰も行きたがらない。

「玉勇さん、後生だから……例の〈ひゅーどろ〉の旦那《だんな》が、どうしても玉勇さんを……って」

それでも、立花屋の女将《おかみ》さんに拝まれれば行かないわけにはいかなかった。

立花屋は、座敷と芸者の間の取り次ぎや送り迎え、玉代《ぎょくだい》の勘定などをする〈見番《けんばん》〉だけれど、見番というのは吉原に限られた言い方なので、柳橋では〈人宿《ひとやど》〉とか〈飛脚屋〉と呼ばれている。

立花屋は、箱屋と呼ばれる芸者の着付などの支度を手伝ったり、三味線《はこ》を持って座敷に付き従う人を三十人くらい抱えているから、単に〈箱屋〉と呼んだりもする。

芸者に付き添う方の箱屋が、なぜ箱屋かというと、吉原の芸者が座敷に出る時に三味線箱を背負わせたことに由来するという。柳橋の芸者は、三味線箱を持つことを禁じられているので、三味線も継棹《つぎざお》になっているから、たたんだ三味線を着替えの着物と一緒に風呂敷で包んで箱屋に持たせる。やっていることは同じなので、名前だけは吉原と同じ箱屋というのだった。

ちなみに、うちのお銭さんみたいに家にいる専属の箱屋を内箱といい、内箱を雇えない場合は、立花屋にいる箱屋さんに来てもらうので、この場合は外箱という。

芸者の帯は重くて締めるのも力がいるから、箱屋というと、たいていが男で、お銭さんみたいな女の箱屋は珍しいけれど、男の箱屋には、どこか崩れたところがあるのに対して、女の箱屋は苦労人で気はしのきく人が多いといわれていた。立花屋の女将さんは、芸者あがりの人だという。柳橋では立志伝中の女性だった。その才覚を認められて、芸者を廃業し、乞《こ》われて先代の女将さんの養女になり、立花屋を継いだ。

あたしはときどき考える。

芸者にとって、たとえば双六《すごろく》の〈あがり〉みたいなものがあるとしたら……それは何なのだろう。

無難なようで一番むずかしいのは、落籍《ひか》されて人の妻になることだろうか。いい旦那を見つけて妾《めかけ》として囲われるのも、まあまあ安泰かもしれない。あるいは、立花屋の女将さんのように、才覚があれば芸者屋や料理屋、船宿の女将に収まるのもいいだろう。

でも旦那を取っかえ引っかえしながら、老妓《ろうぎ》になるまで座敷をつとめるのが、一番現実的のような気がする。

そして、売れなくなれば、よその土地に鞍替《くらが》えして流れてゆくのだ。

どれが一番不幸せかは、なんとなくわかるけれど、どれが一番幸せかは、よくわからなかった。

男たちの感覚からすれば、女将になって店を切り盛りする、というのが、どうやら一番の出世ということになるらしい。

堅気の女より選択肢が広いだけに、逆にこの世界の女の行く末は、はかり難い。

あたしは行く末のあてもなく、漂うように年だけを重ねている。

この頃では〈御用芸者〉などと呼ばれることもあって、あたしは、すっかり腐っているのだった。

それでも、長年お世話になっている堀織部正《ほりおりべのしょう》様が外国奉行をなさっているので、義理を欠くわけにもいかなかった。


異人の中で一番いばっているのは、〈ミニスター〉と呼ばれている公使だと思っていたら、実は会話の間を取り持つ通詞《つうじ》が、案外幅をきかせているのだという。

その中でも、メリケン国の通詞の、ヒュースケンという男は、英語とオランダ語に通じているから重宝がられていた。

最近は、プロシャという国が約定を結ぶためにやって来たのだけれど、プロシャには、オランダ語と英語のできる通詞がいないというので、メリケンから借り受ける形で、ヒュースケンは、プロシャ公使にも付き従っている。

このヒュースケンという男……あたしたちは、その名前が、芝居の化け物が出てくる時の「ヒュー、ドロドロ……」という鳴り物の音に似ているので、〈ひゅーどろ〉の旦那、と呼んでいるのだけれど……こいつが、なんでもあたしにご執心とやらで、あたしはすっかり参ってしまっているのだった。

ヒュースケンは、気さくな人柄で、親日家として有名だったけれど、女にだらしがなく、下田《しもだ》に領事館があった頃は、混浴が珍しいと湯屋を覗《のぞ》いたりと、その不行状は、あたしたちの間にまで聞こえてきている。

「まったくアンコウ様の屋敷の方角は、鬼門だよ」

あたしはいつも逃げを打つのだけれど、立花屋の女将さんが言うには、アンコウ様から、どうしても玉勇だけは、と念押しされているのだという。

筆頭御老中じきじきのお声掛かり……と言われれば、さすがに、あたしも断り切れなかった。

その日は、もちろん女中を揃えるわけにはいかないから、あたしたち芸者衆が、膳《ぜん》を捧《ささ》げ持ってしずしずと座敷に入ってゆく。

今日の料理は、異人の口に合わせて、伊豆で獲れたというイノシシの肉だという。

異人たちには日本料理が淡泊で口に合わないようで、一言目には「サッキ、サッキ」とやかましく言うから何のことかと思っていたら、どうやら酒を要求しているらしいのだった。

玉子の裏ごし和《あ》えや、アワビ、海老《えび》、焼き栗などの肴《さかな》をそれぞれに取り分けて勧めたり、お茶をついだり、果ては器を下げたり……こうした屋敷遠出の場合は、座敷の取り持ちが重要になるから、気疲れしてしまう。

「玉勇サン、今日ノ着物、トテモ良イデス」

ヒュースケンは、会うとすぐ、まず着物を褒める。

異人は、とにかく臆面《おくめん》もなく褒めるけれど、こう褒め倒されると、なんだかあんまりうれしくないものだ。

あたしは、曖昧《あいまい》に笑って受け流し、まずは一座の顔ぶれを確認する。

今日は、外国奉行の堀織部正様と、この間、メリケン国から帰ったばかり、という村垣淡路守《むらがきあわじのかみ》様も揃っていらっしゃっていた。

織部様が手水《ちょうず》に立たれたのに気づいたあたしは、ヒュースケンをほったらかして、そっと廊下に出る。

「……ご苦労だな」

厠《かわや》の前で控えて、出て来た織部様に手水の水をかけると、小声で織部様は囁《ささや》いた。

このごろ、急に白髪が増えたようだ。

「〈ひゅーどろ〉がしつこくて」

つい愚痴めいたことをこぼすと、織部様は、渋い顔をなさるので、逆にあたしの方が、慌てて言い訳するような口調になった。

「遊んでいると冥利《みょうり》が悪いから、ね。稼がなくちゃ」

座敷に戻ろうとして、織部様は、ふっとよろけそうになった。あたしはあわてて手を添える。だいぶ酔っているようだ。

「……お玉、いくつになった？」

織部様は、あたしの本名を呼んだ。

「えっ？　いやですよ」

あたしは笑ってはぐらかす。

この人と会ったのは……あたしが、十三の時だ。

「アア、玉勇サン、私モ、チョーズ使イマス」

座敷からひょろひょろ出て来たヒュースケンも、相当酔っている。

あたしが手伝ってやると、おぼつかない手つきで柄杓《ひしゃく》の水を思いっきりあたしの着物にぶちまけた。

「オー、玉勇サン、ゴメンナサイ！　タイヘン、タイヘン」

ヒュースケンは、自分の服にも水がかかって、冷たい冷たいと大騒ぎしている。

「玉勇サン、ダイジョーブデスカ？」

ヒュースケンの魂胆は見え透いている。

「水くらい、なんともありませんよ」

あたしは、邪険に手拭《てぬぐ》いでヒュースケンの濡《ぬ》れている服の股間《こかん》のあたりを拭《ふ》いてやりながら、まとわりつく手を遮った。

「玉勇、別室で手当てをしてやれ」

騒ぎに気付いて、座敷からアンコウ様自ら声をかけてきた。

「玉勇サン、御老中ノ仰セノ通リ、アチラノ部屋ニ」

あたしは、酔っぱらいをあしらいながら舌打ちしたくなる。アンコウ様もまった
く余計なことを言ってくれるもんだ。

その時、するどくアンコウ様を一喝したのは、織部様だった。

「御老中……玉勇を、〈黒船夜鷹《よたか》〉にするおつもりか」

一瞬、居合わせた人々は、ギョッとして織部様を見つめた。

「ヒュースケン殿、日本国にいる以上は、芸者と女郎の区別はわきまえてもらお
う」

織部様は、ひるむ様子もなく、返す刀で、ヒュースケンにもピシリと言い放った。

気まずい空気が流れたのをほぐすように、外国方の一人が、そろそろ散会に……

と言って下さったので、みなホッとしたようにワラワラと立ち上がり、帰りの支度
をはじめた。

芸者風情が……という人々の視線に、あたしは耐えている。

「……飲み直すか」

帰り際に小声で、織部様が声をかけて下さったので、あたしはホッとして小さく頷《うなず》いた。

なんだか、柄にもなく……泣きたいような、甘えたい気持ちになっていた。


あたしは、ぼんやりと窓の外の月を眺めている。

十七夜か十八夜か……少しゆがんだ月が、ぽっかりと静寂の闇に浮かんでいた。

「……寒くはないか」

後ろに立った織部様は、静かに障子を閉めて、そのままあたしを抱きすくめる。

ああ、あの時と同じだ、とあたしは懐かしくてせつなくなった。

十六の時。

あたしは、はじめて男を知った。

この織部様に、水揚げしてもらったのだった。

とはいえ、あたしが織部様を選んだわけではない。水揚げの旦那《だんな》は、すべて抱え主が決めてくれた。客の意向や金額については、立花屋の女将さんなどが間に入ってまとめてくれる。それをこの世界では〈寸法をつける〉という言い方をした。そこではあたしは選り好みなどできるはずもない。でもあの時は、そういうものだと思っていた。

感情なんて、後からついてくるものなのだろう。

それが悲しいとも理不尽だとも思わなかった。もし普通に嫁に行ったとしても、やはり相手は親が決めるのだから、そう違いはないようにも思う。

あたしが、家の事情で、半玉《おしやく》として座敷に出たのが、十二の時。

織部様は、死んだあたしの父のことを知っていて、まだ子供のあたしをよく呼んでくれたものだった。

「まだネンネのあたしを、遊《あす》ばし遊ばし相手をして下さって」

通の客の中には、こんなふうに半玉のときから、育てるように慈しむ客がいる。

「あれは……私が箱館《はこだて》奉行として蝦夷地《えぞち》に行く前だったか」

織部様は、昔と同じように、あたしをあやすように抱きながら、八ッ口から手を入れ、胸をさぐり、ゆっくりと着物を肩からすべらせるように脱がせる。

そういえば、半玉の頃、宴席に居ながら眠くて眠くて、この織部様に寄りかかり寝てしまったことがあった。口を半開きにして気持ちよさそうに寝ていたあたしの顔が、あまりにあどけなくて起こすに忍びないと、織部様は、体を動かさないようにあたしに肩を貸したまま、酒を飲んだという。

「昔はよく、お玉の守りをさせられたものだ」

と、織部様はよく冗談をおっしゃったけれど、本当にこうした客とは、家族などよりいっそう不思議な絆《きずな》を感じられるようになってゆくものらしい。

「御前《ごぜん》は、おいくつになられました？」

「四十三か……」

「後厄でございますね」

「年を取ったな」

織部様は、皺《しわ》は増えたものの、いまだに精悍《せいかん》な顔をしている。

若い時は、放蕩《ほうとう》無頼の無茶な遊びも、だいぶしたらしい。

大目付を務める旗本の家に生まれたとはいえ、冷や飯食いの四男だった。それが、兄が次々と亡くなって、いつの間にか堀家の跡取りとなっていた。

もちろん昌平黌《しょうへいこう》も優秀な成績で出ている。

だが、ただの昌平黌の秀才と違って、武芸に秀で、しかも胆力がある、と言われていた。箱館奉行時代は、ロシアとの領土問題から、自ら樺太《からふと》の地を探検している。のちに新設された外国奉行、そして今は、神奈川奉行も兼任していた。

「寝て解けば、帯より長いものはなし……か」

織部様は、そんなことを呟《つぶや》きながらあたしの帯を解いて、丸裸にしようとする。不思議なことに、織部様の前では、あたしは無防備にすべてをさらけ出せるような気がした。

「なにが、おかしい？」

あたしは、くすくす笑っている。

泣く子も黙るコワモテの外国奉行、堀織部正が、こうして女の長い帯と格闘している姿は、なかなか他の人には想像できないに違いない。

「だいぶハクがついたな」

織部様は、あたしの体の刺青《ほりもの》をなぞるように、くまなく点検している。

「……いやな言い方をなさいますこと」

あたしは、なすがままになっている。織部様は、柔らかくあたしの肌に触れる。

刺青は見えないところに彫ってあるけれど……ただひとつだけ、〈八重向こう梅〉の紋が、左の乳のところに、ぽつんと咲きこぼれていた。

「乳のところは、いまだに、この紋だけか」

「この梅紋は、特別」

あたしが交わった男の紋を集めはじめた時、さかのぼって最初に入れたのは、この織部様の紋だった。

織部様は、梅紋のあたりをやさしく吸った。

「灯《あか》りを消して」

「しばらくは……」

「恥ずかしい」

「このまま……」

織部様はやさしいのに、あたしの言うことを聞いてくれない。

あたしは、ただ甘えているだけなのかもしれない。

「名前を呼んで」

「……ん？」

好きな人に名前を呼ばれるのは、うれしい。

他愛もないことを言って、誰かに甘えるのは、久しぶりだった。甘えることを忘れると、女は、気持ちがすさむような気がする。

「……お玉よ」

織部様は、しみじみとあたしを呼ぶ。

「惚《ほ》れた男は、いないのか？」

「男に夢中になると、それがすべてになってしまうから」

織部様の手が、ゆっくりと体の中に入ってくる。

「恋がすべてになると、その恋が冷めた時、人生全部が終わり、みたいになっちゃうのが、いやで」

あたしは、ふっと織部様の手を押さえる。

「もう少し、おしゃべりしていたいの」

「……するさ。こうしていながら」

「せつなくて、しゃべれなくなる……」

あたしは息がせわしなくなっている。

織部様は、なだめるように口をふさいだ。あたしはいやいやをする。

「もう少しだけ……」

上りつめれば、やがて終わりがやってくる。

その前に、もう少しだけ、無駄話をしみじみと、したかった。

「殿方は、女がいなくても、なんともなくて」

それが、ちょっとくやしい。

「お勤めがあるサ」

織部様の口のまわりの髭《ひげ》には、白いものが混じっていることに、あたしは気づいた。

「男の人は、お仕事がすべてで、お仕事がなくなると、人生が終わったようになっちゃうのかしら」

「さぁ、呑気《のんき》に隠居暮らしも楽しかろう」

あたしは、うふふっと口の中で小さく笑った。

「……そんな日が来るかしら」

あたしは、もそもそと這《は》い出して、灯りを消した。

「お玉……」

織部様の声が闇の中に響く。

暗闇の中で、触れあう部分の感覚だけが研ぎ澄まされてゆく。

お互いの、声にならない息づかいや、肌の擦れる音だけが、闇に吐き出される。

「織部様……？」

思いがけなく、織部様は、あたしの体をいつまでも離さずに執着した。

どれくらい抱かれていたのだろう。

ぐったりとしながら、目をあけると、闇が薄くなっていた。重なったままの織部様が、顔を上げる。

「かわいそうに……ねむいか」

「ううん」

あたしは、織部様を離したくなくて、背中にまわした腕に力をこめる。

織部様は、大きく息をついた。

終わってしまえば、男はもう別のことを考えているのだろう。体はまだ、つながっているのに。

はじめての時も、「どうせ、いつかは知らなくてはならないことなのだから」と、この人は言ったのだった。

最初は別に良いものではないだろうが、そのうち味がわかってくる。まずは、いやなものだと思わぬようにしてやることしかできぬ……。

そんなことを言いながら、あたしを抱いた。

そして、たぶん、その時は……それだけで、充分だった。

こんなものか、と終わった後で、たしかにあの時、あたしは思った。

なんともなかった。

そして……きっと、やっていける、と心を決めたのだった。

そう思えたことは仕合わせだったのだろう。あとで、朋輩《ほうばい》たちの男への恨み節を聞いていると、あたしは最初の人が織部様で幸いだったと、改めて感じたものだ。

織部様は、遊び慣れているだけに、水揚げの祝儀についてもぬかりなく、間に入って寸法を付けてくれた女将《おかみ》さんから、女中さん、朋輩にいたるまで、心付けを配ってあたしへの目配りを頼んで下さった。それは、どれほど後々まで、あたしに恩恵をもたらしてくれたことだろう。

「夜が明けてしまったな」

織部様が、ちょっと体を動かしたとたんに、あたしは思わず感じてしまって、つるんと……織部様の体の一部は、あたしの体から離れていった。

「おやおや、お玉に締め出されてしまった」

織部様は、体を起こすと、ふっとあたしの顔を見下ろして笑った。

あたしは、織部様に甘えて、もうひとつねだりたいことを思いついたけれど、夜が明けてしまったので黙っていることにした。

お互いにまだ、恋々の色が残っている朝は、なんとなくいいものだった。


その翌々日だろうか……いや、違う。

織部様と別れたのは朝だから、次の日の朝が来て……その日の夜。

だから、厳密には、翌日だ。

料理茶屋の〈平三〉に行くと、座敷に入る前に、女中が「……いい男が、お待ちかね」と、意味深に笑った。

「……釜さん？」

あたしは、座敷で一人端座して飲んでいる男を見て、驚くよりも、まず怪訝《けげん》な顔をしてしまった。

「ちょっと、大丈夫なの?」

懐具合が気になった。ここは、若い男が自腹で飲みに来ることができるような店ではなかった。

それでも釜さんは、今日はちゃんと袴《はかま》もつけて、りゅうとした侍振りである。

「心配するな。この頃は、お役がついて、独り身じゃ使い切れねぇほど貰《もら》っているから、毎日でも呼んでやるぞ」

釜さんは、貧乏御家人の次男だから、伝法な……というより、まるでゴロツキみたいなベランメェ言葉を使う。

「なんだか、あやしいわね」

「あやしいものか。今は、築地《つきじ》の御軍艦操練所に教授方として勤めているんだ」

「教授って、何を教えているの」

「釜焚《た》きとか……」

「あはは」

あたしは思わずその駄洒落《だじゃれ》に笑ってしまった。

「笑いごとじゃねぇ……それより」

釜さんは、大真面目な顔になって、茶碗酒《ちゃわんざけ》をグイッと水のようにあおった。

「お玉ちゃん、会うなり、こんなことを言うのもなんだが……」

釜さんは、伏し目がちにポツリと呟《つぶや》いた。

「……木挽《こびき》町の殿さんが、お亡くなりになったぜ」

「えっ！」

あたしは、一瞬、ぼんやりとした。

「織部様が……？」

堀織部正様は、屋敷が木挽町にあるので、ふだんは〈木挽町の殿様〉と呼ばれていた。

「だって、一昨日……ううん、昨日の朝まで」

「一緒だったのか？」

「……うん」

釜さんは、少年時代から、織部様の屋敷に出入りしていた。

織部様は、利発な少年を何人も書生として置いて養っていたのである。

特に、釜さんはお気に入りのひとりで、箱館奉行時代は、この間の河野顕三様と一緒に、はるばる樺太の探検にまで連れて行っている。

釜さんは、織部様に付き従って樺太を巡回したあと、その推挙によって長崎に遊学して洋学を学んだと聞いていた。

だから、もちろん、釜さんは、織部様とあたしのこともよく知っている。

「なんで亡くなったの？」

「詰め腹を」

「……うそ」

織部様は、切腹されたというのだった。

「どうして？」

「わからん……みな、プロシャとの通商条約締結交渉が原因だと言っているが」

開国した日本は、すでにメリケン、オランダ、ロシア、エゲレス、フランスと通商条約を結んでいる。

そして先頃、遅ればせながら、プロシャからも同様の条約締結の申し入れがあった。

アンコウ様は、攘夷《じょうい》に凝り固まっている朝廷との協調をはかろうという公武合体派だから、その日も、昼間、御城で織部様と激しく口論したらしい。

「そう言えば……」

あたしは、一昨日、アンコウ様の屋敷で、織部様がアンコウ様をお諫《いさ》めなさったことを思い出して、釜さんに話をした。

「まさか、お玉ちゃんのことくらいで、腹を切るものか」

「そうよね」

「まてよ……」

釜さんは、ふと思い出したように、「ヒュースケンか……」と口の中で呟いた。

つい先日、密《ひそ》かにヒュースケンから織部様宛に手紙が来たのだという。もちろん
オランダ語だったから、釜さんが翻訳したというのだった。

「もしかしたら、あの手紙が……」

釜さんは、いろいろあたしに話してくれたというのに、あたしは、一昨日の晩の
ことばかりが思い出されて、なかなか話が耳に入らなかった。

昨日、織部様は、何事もなく登城し、夕刻、木挽町の屋敷に戻ったという。

裃《かみしも》も脱がずに、そのまま仕事が残っているからと部屋に籠《こも》り、朝、奥方が自害し
て果てている殿様の姿を発見した。

「腹を切ったのは、夜半から明け方にかけて。同僚の村垣様に宛てた書き付けが残
されていたらしい」

「じゃ、そこに切腹の理由が書かれていたわけね」

「いや、それが……」

すぐに、織部様の父上が、村垣様に内容についての確認をしようとしたが、村垣

様は、「御用向きのことのみ」としか答えなかったという。

あたしは黙りこくった。織部様が亡くなられたなんて……涙も出なかった。

死はどこにでもころがっている。

春には流行病《はやりやまい》が蔓延したし、この夏は大水もあった。でも……情を交わした男が、その翌日に自死するなんて。

「また、会えると思って。あの時、言わなかった……」

あたしは、ふと、窓を開けて、空に浮かぶ月を探した。

まだ二つしか夜は過ぎていないのに、月はだいぶ痩《や》せている。

「……横笛を」

聴きたかった。

織部様は、無骨なように見えて、実は風流なところがあり、横笛の名手であった。

夜の静寂に、その笛の音を聴くと陶然とした。

いつも腰に横笛を差していて、気が向くと吹いてくれたものだった。

「夜が明けてしまったから……」

また、次の機会にと思って、あえてねだらなかった。

でも、もう次は、なかったのだ。

「それにしても……」

ふと、死に理由などあるのだろうか、とあたしは思った。

秋風の吹く季節になると、お座敷の数がグッと減ってくる。なぜか芸者が一番繁《はん》昌《じょう》するのは、春から夏にかけてといわれていた。

だから昔は、〈羽織〉といえば、辰巳《たつみ》芸者の粋《いき》な羽織姿を指したものだけれど、今では、秋風が吹くと流行《はや》らなくなる芸者を〈羽織〉と呼んだりする。

逆に羽振りのいい妓《こ》は、もう春衣《はるぎ》の染物を京へ注文しはじめている。

「もう来年のことなんて……一年、早いねぇ」

あたしは、この頃いつもそんなことばかり言っているような気がする。

織部様が亡くなって、まだ数日しか経っていないある日、愛宕《あたご》町のアンコウ様の御役宅に〈御屋敷行〉の口がかかった。

もしかしたら、それは、以前から予定されていたことだったのかもしれない。

プロシャとの通商条約が整ったので、その祝宴だということだった。

アンコウ様をはじめ、村垣様たち外国方の御役の方々と、オイレンブルグ卿《きょう》をはじめ、プロシャ側の随員や、通詞《つうじ》のヒュースケンも、もちろん招かれるという。

この頃、朝になると、武家の屋敷の門戸や、大店《おおだな》の店先に、御政道に対する意見・誹謗《ひぼう》などを大書して貼り付けることが流行《はや》りだし、アンコウ様はその恰好《かっこう》の標的になっていた。考えてみれば、数年前まで、市井の人々が、老中に対しての不満など、口にすることもできないはずだったのに、おかしな世の中になったものである。

「世間であれほど叩《たた》かれても、アンコウ様はなんとも思っておられないようだよ。それより実は、言いづらいんだけどね……」

と、間に入った立花屋の女将さんから小声で〈お取り持ち〉の相談があった。

立花屋は平たく言えば口入れが稼業だから、こうして客に芸者の斡旋《あっせん》をしたり、客の無理を聞いて密《ひそ》かに芸者に伝えることも仕事である。

支度金は、十両だと、単刀直入に言われた。

「まったく惚《ほ》れられるのも因果だねぇ」

「あたしは……ヒュースケンへの貢ぎ物にされるわけね」

「一晩でもいいと言うんだけどねぇ」

「枕金が十両ってわけ？」

ヒュースケンは、金ずくで、あたしをものにしようとし……そして誰かが、あたしを売ろうとしている。

「玉勇さん、きっぱり断ってもいいんだよ。あたしも、あの仁《かた》ばかりは……あんな碧目《あおめ》を相手にしたらおまえばかりか、うちの評判も落とすことになるからねぇ」

立花屋の女将さんは、困り果てた様子でため息をついた。

女郎じゃないのだから、いやならばいやと言えばいい。すべては自分で引き受ければ済むことだ。

「……わかりました」

あたしは受けることにした。

「えっ、玉勇さん……本気かい？」

もちろん、本気も本気だ。

この無念な気持ちを、どこかにぶつけなきゃ、やりきれない。あたしは、すっかり捨て鉢な気持ちになっていたのかもしれない。

そして、その日。

「おや、姐《ねえ》さん、今日はお早いね」

湯屋《ゆうや》の番頭に声をかけられるほど、いつもより早く湯屋に行き、丁寧に体を磨いた。

紅絹《もみ》という布で作った袋に糠《ぬか》を入れ、それで体をこするとツルツルになる……まさに、肌に〈磨き〉をかけるのである。

家に戻ると、入念に化粧をした。

「お銭さん……今日は帯はキッチリ締めてね」

ふだんは、ちょっとゆったりと着付けをする。着物はきっちり着ると野暮になり、少し崩したところに粋な感じが漂うものだ。くだけすぎてもまただらしなくなり、その辺のさじ加減がむずかしい。

「お玉ちゃん……大丈夫なの？」

お銭さんの方が、もう緊張して、汗をかきながら帯を締めてくれている。

「大丈夫よ」

……負けるわけにはいかない。

あたしは、そっと胸のあたりに手をあてる。

織部様の〈八重向こう梅〉の紋がついている。きっちり筋は通さないと、織部様に申し訳がたたない、と思うと、気持ちが奮い立った。

……きっと、守ってくれる。

彫りものの不思議なところは、そうした力を与えてくれるところだろう。

あたしは、万端を整えて、アンコウ様の屋敷に乗り込んだ。

かつて織部様に言付《ことづ》かっていた異人への土産物も用意してある。背中の帯のお太鼓の中には、オバケの殿さんに貸してもらった成島《なるしま》家に伝わる名刀を隠し持った。

オイレンブルグ卿は、ちょっと見ないうちに、ますます髪が薄くなったようだった。日本に来てから気苦労が絶えなくて、髪が抜けるとこぼしていたけれど、織部様が自死されたことに驚かれて、ますます抜けてしまったのかもしれない。

「玉勇サン！」

あたしに気付くとヒュースケンは、満面に喜色を浮かべた。

「ヒュースケンの旦那《だんな》……」

あたしは精一杯しおらしく懇願した。

「せめて明後日の、織部様の初七日が済むまで、待っていただけないでしょうか」

「堀サンハ、残念ナコトシマシタ。私、悲シイ気持チ、一杯デス」

ヒュースケンは、私の肩を抱いて慰めようとする。

「デモ、明後日……イケマセン。アト、フタツモ長イ夜ヲ過ゴスノ、私、ガマンデキマセン」

だめだめと首を振る。困った男だ。肩に回した手も放さない。御老中のアンコウ様も、接待の外国奉行のお役人たちも、見て見ぬふりをしている。

恐らく今夜のあたしは、プロシャとの条約締結を祝っての、贈答品なのだろう。

「玉勇サン……コノ苦シイ気持チ、ワカッテ下サイ」

ヒュースケンは、強引に迫って来る。

いまや誰も、この男を止めることはできない。

そして、あたしを守ってくれた織部様も……もう、ここにはいないのだ。

「ところで、ヒュースケンの旦那……織部様は、いったいなぜ腹を召されたんでしょうかねぇ」

「エ？」

ヒュースケンには、意味がわからない様子だった。

あたしは、わかりやすいようにもう一度、はっきりと言った。

「織部様は、なぜ死んだのですか？」

「……残念デス」

ヒュースケンは、大袈裟《おおげさ》な身振りで悲しそうな顔をした。

「……誰のせいで死んだのか、って聞いているんですよ」

「エッ」

あたしは、だんだんに腹がすわって言葉がスルスルと口をついて出てくる。

「手紙のこと……あたしも見せてもらいました」

ヒュースケンは、織部様にあてた手紙のことを、あたしが知っているとは夢にも思わなかったのだろう、みるみる蒼白《そうはく》になった。

「これを、織部様から頼まれていましてね」

あたしは用意していた一冊の翻訳書を取り出して、ポンと前に出した。

〈三兵答古知幾《さんぺいタクチキ》〉と表紙に書かれている。

ヒュースケンの隣に座っていた赤毛の男が、その表紙を見て、アッと声をあげた。

「織部様は、この本をお書きになったブラントさんという方のご子息が、プロシャの使節のお役人様の中にいらっしゃるとおっしゃっていましたが……もしかしたら、こちらの方でございますか」

ヒュースケンは突然のことに、びっくりしたように隣に座っていた男と顔を見合わせた。この赤毛の異人がどうやらブラントらしい。

表紙には、横文字で、著者であるハインリヒ・フォン・ブラントの名が書かれていたから、赤毛もすぐにわかったのだろう、感に堪えないような声をあげた。

並み居るお役人方も驚いて、あたしたちの方を見つめている。

この本は、その昔の五両や六両もした写本ではなく、安政年間に印刷されたものを織部様が下さったのだった。

あたしは織部様が、プロシャとの折衝を重ねている時、その使節団の中に、この本の著者の息子がいると、驚いていらっしゃったことを思い出して、今日は持参したのである。

「織部様が、その倅《せがれ》さんに、ぜひこの本を進呈したいと、以前からおっしゃってまして……」

赤毛がヒュースケンに何か耳打ちしている。

「玉勇サン、ナゼ、アナタガコノ本ヲ？」

「……この本は、あたしの父が翻訳したものなので」

「エッ！」

一瞬、凍ったように一座は静まりかえった。

「あたしの父は、オランダ語が堪能でしてね、この本も、オランダ語に訳されたものを父が翻訳したんです。あたしも門前の小僧なんとやらで……手紙に書かれていた内容を、ここでオイレンブルグの殿さんに申し上げましょうかね？」

もちろんあたしは、直接その手紙を見ていないし、オランダ語なんか読めないけれど、ここはハッタリだった。

「タ、玉勇サン……」

あたしはヒュースケンと顔をつきあわせて、囁《ささや》いた。

「ヒュースケンの旦那……」

あたしは片膝《かたひざ》ついて、ヒュースケンににじり寄った。

「そんなに抱きたいなら、抱かせてやるよ。でも、それを、談判の駆け引きに使うなんて、こざかしい真似するんじゃないよ」

ヒュースケンは、あたしの態度豹変《ひょうへん》に、呆然《ぼうぜん》としている。

「玉勇サン、チョット待ッテ下サイ。手紙ノコトハ……」

「何とでも言いな。手紙のことは、みんな日本のお役人に筒抜けだよ」

あたしは、冷ややかにヒュースケンを見つめた。

「日本では、死んでも七日の間は、この世に魂は留《とど》まっているという。織部様がまだこっちにいらっしゃる間に、おまえに抱かれるわけにはいかないんだ」

その時、するどくカン高い声が飛んできた。

「……そこまでだ、玉勇！」

アンコウ様がワナワナと震えて、あたしを見つめている。

「玉勇……去《い》ね」

外国方の下っ端役人が、すっ飛んで来る前に、あたしは立ち上がって、スルリと廊下に逃げ出した。

「ヒュースケンの旦那、明後日、初七日が済んだら、必ずお訪ねしますからね。たっぷり可愛がってやるから、心していて下さいよ……」

あたしは、振り返るとそう言い捨てた。

外国方の役人たちは、あたしを取り押さえて青くなっている。

あたしは、言うだけ言ったら、なんだか憑《つ》き物が落ちたようにスッキリして、思わずくすくすと笑ってしまった。

意外なことに、あたしは何のお咎《とが》めも受けなかった。

きっとみんな後ろめたく思っていたに違いない。

あの場にいた誰もが、織部様がいないことに多かれ少なかれ、引け目を感じていたはずなのだ。

翌日の晩は、何もなかったように座敷をつとめて、その翌々日の朝。

いつものように朝湯に出かけた。

今日は、メリケンの公使館に単身乗り込まなくてはならない。ヒュースケンは、おそらく怖気《おじけ》づいて、姿をくらましていることだろう。

あるいは、ぬけぬけとあたしを待っているだろうか。

その時は、その時だ。だけど、たぶん……幕府の役人が、万が一に備えて、先手を打ってくるかもしれない。

……その時は、どうする？

あたしが、あれこれ考えながら黙々と歩いていると、向こうから足早にやって来る釜さんの姿が見えた。

「お玉ちゃん！」

釜さんは、あたしの姿に気付くと、ものすごい勢いで、駆け寄ってくる。

「釜さん、どうしたの？」

蒼白だった。

「……ヒュースケンが殺された」

「えっ？」

「昨日の夜」

「……うそ」

あたしは、ぼんやりと立ちすくんだ。

「誰に？」

釜さんは、沈黙している。

「わからん。プロシャ公使の宿泊所から帰る途中、麻布《あざぶ》のあたりで数人の浪士に斬られたらしい」

「警護の人はいなかったの？」

「そりゃ、いただろうさ」

「ヒュースケン、死んだの？」

あたしはもう一度、馬鹿みたいに同じことを繰り返した。

「ああ」

あたしは、ぼんやりしている。

「お玉ちゃん。昨日の晩から、河野の姿が見えないらしい」

「どういうこと？」

「……ヒュースケンをやった一味の中に、もしかしたら河野がいたんじゃねぇか」

「まさか！」

そう言いながらも、あたしにも何か予感があった。

子供の頃、開明的な儒者の田辺石庵《たなべせきあん》について学んだ釜さんが異人にも異国にも寛容なのとは対照的に、幼い頃、町儒者の大橋訥庵《おおはしとつあん》に四書五経を学んだ河野様は、師匠の訥庵が、最近、尊皇攘夷論者として名を馳《は》せてゆくのに従って、だんだんと同じように過激な攘夷論に傾きはじめていた。

「あいつ……法事の席で、そんなことをほのめかしていたのだ」

河野様は、あたしとヒュースケンの一件を知っていたのだろうか。

なんだか急にくやしくなって、涙がこぼれた。

「お玉ちゃん……」

何もできなかった自分が、くやしくて。

死んでしまった織部様が、残された者の、この悲しみを知らないことも、くやしくて。

そう……織部様の死を思うと、悲しいより、くやしい気持ちがあふれてきてしまうのだった。

釜さんに「湯に入ってくる」と、怒鳴るように言って別れると、熱い湯船の中で、あたしは、織部様が亡くなってから、はじめて声を上げて泣いた。


「せっかく伝家の宝刀をお借りしたというのに……結局、使いませんでしたよ」

あたしはしおらしく、オバケの殿さんの目の前に、短刀を置いた。

「恐れ入ったな。本当に抜くつもりだったのか？」

「……うん」

この短刀は、成島家に伝わる名刀だという。

「違い鷹《たか》の羽《は》紋の金の出し目貫《めぬき》とは……見事なものでございますね」

「詳しいな」

殿さんは、意外そうな顔をした。

あたしは薄く笑う。

それくらいは知っている。芸者は、それくらいは目が利く。いやな言い方だけれど、腰の物を預かるとき、差し料で客を値踏みするのだ。客は遊んでいるつもりで、実はしっかり見られているのである。

それに……昔、家に出入りしていた人の中には、こうした刀の鑑定《めきき》にやけに詳しい人がいたものだった。

「織部殿の切腹は、見事なものだったそうだな」

「見事な切腹とか、見事じゃない切腹なんてあるの？」

「あるさ、こんな太平の世の中だ。脇差に手をかけただけで、首を落とすのが慈悲だという者もあるらしい」

侍が、二言目には「腹を切る」と言う割には、切腹はすっかり形骸《けいがい》化していた。

「それが、織部殿は……腹を十字に切った後、のどを突いて、さらにその脇差を引き抜いて、目の前にきちんと置いて果てていたという」

「無念だったろうに……」

「そうだな」

その無念の思いが、見事な最期に昇華したようにも思われた。

あたしは、あの日……。

アンコウ様の御役宅に、乗り込んで行った時、すでに知ってしまっていた。

その数日前に、オバケの殿さんから思いがけない事実を聞かされていたのである。

オバケの殿さんは、なんといっても侍講《じこう》だから、公方《くぼう》様の近辺に集まる情報を丹念に収集しているうちに、思いもかけない織部様の自死の原因を突き止めていた。

表面的には、御老中のアンコウ様との確執であることは、世間に伝わる通りだった。

だが、真相は、今回のプロシャとの通商条約の内容にあるという。

「堀織部正を死に追いやったのは、おそらく……〈ハンザ同盟〉だろうよ」

「はんざ同盟？」

あたしには、何のことやら、さっぱりわからなかった。

プロシャと通商条約を結ぶことは、たとえ朝廷が猛反対していても、世の中の情勢を考えると避けられない現実だった。

それは織部様も、アンコウ様もわかっていたはずだ。

だが、交渉を重ね、調印間際になって、驚くべき事実が判明した。

通商条約をプロシャと結ぶことは、同時に、ザクセン、バイエルン、ハノーヴァなど近隣の同盟国とも条約を批准することになっていたのである。

ヒュースケンは、意図的にこの〈ハンザ同盟〉のことを訳さなかった。

さすが、プロシャ以外の国々となし崩し的に条約を結ぶことはできないと、アンコウ様は、厳しく織部様を糾弾した。

織部様は、条約をプロシャ一国とのみ結ぶことを、再度申し入れたが、オイレンブルグ卿《きょう》は、一度取り決めた内容を変更することはできない、と態度を変えることはなかった。

「ヒュースケンは、だいぶ玉勇姐《ねえ》さんにご執心だったそうじゃないか」

オバケの殿さんは、ちょっとからかうような言い方をした。

あたしは、笑えなかった。

「……だれが、あんな奴」

「ヒュースケンは、何度か正式に玉勇を貰《もら》い受けたいと織部殿に申し入れたらしいが」

ヒュースケンの手紙は、条約交渉とあたしをめぐる裏取引の内容だった。

「織部殿は、かたくなに突っぱねたそうだな」

織部様は……。

あたしは、また涙ぐみそうになる。

あくまでも、あたしにとって〈最初の男〉であり続けて下さったのだ。

だが、そのことによって……ヒュースケンは、意趣返しをした。

織部様は、万策尽きて、自らの命と引き替えに、ハンザ同盟との通商条約を阻止しようとしたのだろう。

さすがにオイレンブルグ卿も、担当外国奉行の憤死を目の当たりにして、ハンザ同盟を含めた交渉はあきらめ、プロシャとのみの条約締結にせざるを得なかった。

そして、おそらく……そのために、堀織部正の自決は、見事な切腹でなくてはならなかったのだ。


その夜は、最後の座敷が〈柏《かしわ》屋〉だった。

柏屋は、両国橋の東側に位置していて、料理も川長と並んで美味《おい》しいと評判の店だが、ここはいい風呂《ふろ》があることも売りにしている。湯屋よりもゆったり落ち着いて湯を楽しめると評判だった。客はまず一風呂浴びてから宴席につくのである。

夜が更けても、まだ賑《にぎ》やかに打ち騒ぐ声が遠くの座敷から聞こえてくる。

あたしは、蔵前《くらまえ》の札差の旦那《だんな》衆を見送って、帰る支度をしながら、ふと廊下から聞こえてくるいい声に耳をかたむけた。

〽堤になびく青柳の　結んでとけし縁の糸　ひきとめられて見返りの　思わ
　せぶりな　捨て言葉
片付けをしている女中に尋ねると、御軍艦操練所の一行だという。

「ああ、やっぱり……」

最近は、幕臣の中でも、新しくできた外国奉行や、御軍艦奉行の配下の侍たちが、御役金もいいのか、羽振りもいいらしい。

旗本、御家人の次三男が多いので、生粋《きっすい》の江戸っ子ばかりだから、座敷の遊びもさっぱりしていて、女中たちの間でも評判がよかった。

廊下を渡ってくる美声につられて、あたしが顔を出すと、案の定、釜さんだった。

「……惚《ほ》れ惚《ぼ》れするような声だねぇ」

あたしが声をかけると、同僚らしい侍たちに囲まれた釜さんは、ちょっとはにかんだような笑顔を向けた。

「お玉ちゃん……いたのか。もらいをかけてやればよかったな」

あたしは鷹揚《おうよう》に笑って、付き添っている芸者衆に、ちょっと挨拶《あいさつ》をした。

「来年……おれは、オランダに行くことになったぞ」

「オランダ？」

「御軍艦を造りに行くのだ」

「釜さん……船大工になるの？」

釜さんは、明るく笑い飛ばした。

「……木挽町の殿さんが、推挙して下さっていたのだと聞いた」

「まぁ。たいへんな置き土産を」

オランダなど、天竺《てんじく》やらの先にある国に行くというのに、釜さんは、意気揚々としている。

「釜さんは、侍の子にしては、世渡りの才覚があるから、どこででもやっていける、と……織部様もおっしゃってましたっけ」

「そんなことを……」

「たしか長崎にいらっしゃるときに」

あのとき、織部様は、戯れのように、あたしに尋ねたものだ。

「お玉は、どっちの男がいい？」

あたしは、河野様がいい、と答えた。深い理由などなかった。

河野様は、どこか織部様に似ていた。

おそらく釜さんは、何があっても決して切腹したりはしないだろう。

織部様は、物静かで一途《いちず》な河野顕三を手元に残し、才気《さいき》煥発《かんぱつ》な榎本釜次郎を長崎に遣った。

河野様の行方は、あれ以来わからない。

「榎本、行くぞ」

「おぅ……」

これから、どこか女郎屋にでも繰り出すのだろうか。

男は、悲しみをバネに、広い世界に飛び出してゆく。

女はどうなのだろう。

悲しみはしくしくと、重く心にまとわりつき、どんどん身動きがとれなくなるような気がする。

釜さんの揚々とした後ろ姿を見送りながら、あたしは背中に手を回して、ゆるんだ帯を締め直そうとしながら、ふっと織部様が、「寝て解けば……」と言った言葉を思い出していた。

一瞬、不思議なことに、ほっと……あたたかい気持ちになっている。

思い出もまた、人の心をやさしくするのだろうか。

あたしはいつも、去っていった人とばかり会話していたのかもしれない。

小さな庭から見上げると、するどく尖《とが》った月が、夜の静寂《しじま》に浮かんでいた。

破礼娘《ばれむすめ》

あたしはこの頃、ばかみたいに寝てばかりいる。

だらしなく二度寝をすると、ますますけだるくなった。体の芯《しん》が疲れている。

夜、遅くまで続く座敷がつらいわけじゃない。男がいやになっているんだと思う。

ものすごく男に抱かれたいと思う時もあれば、まったくそういう気持ちにならない時もある。

理由なんて、あるようで、なかった。

……女郎じゃないんだから。

世間から見れば同じようなことをしているくせに、あたしは、妙なところにこだわっている。

したい時しか、したくない。

芸者が、女郎に憎まれるのは、このいい加減なところ。素人衆に妬《ねた》まれるのは、こんな自分勝手な言いぐさを平気で言うから。

どうせ座敷づとめだけでは立ちゆかないのならば、せめて〈そんな気分〉になった時にだけ。

この勝手気ままさがなかったら、いきなり襲ってくるやり場のない怒りに、自分で自分を壊してしまいたくなりそうな気がする。

あたしは、ときどき自分を甘やかす。

そして、シャンと背筋を伸ばしたら、自分に言い聞かせる……色と欲とを秤《はかり》にかけて、そのすれすれを渡っていくのがこの稼業。

とことん男を食いしめたいと思う。


「お玉ちゃん、いい加減起きて、湯に行ってきなよ」

内箱《うちばこ》のお銭さんが布団を剝《は》ぎに来る。

本当の名は、〈ゼニ〉というのだという。

「親は、銭に困らないように、ってこの名をつけたって言うんだけど、それなら〈キン〉ってつけてくれればよかったのにネ」

銭金《ぜにかね》と一口に言うけれど、銭と金では違う。

あたしたちの元抱え主であるちゃ、ら姐《ねえ》さんは、名前はチャラでも、とてもしっか

りした女《ひと》で、

「この稼業《しょうばい》でまんま食うからには、銭を稼いでいるようじゃだめなんだよ、金を稼がないとね」

と、ことあるごとに口うるさく言っていたものだった。

銭と金では、桁《けた》が違う。

お銭さんの親は、結局、銭に困って、お銭さんを銭にした。

「金にはならなかったけどね」

と、お銭さんは苦笑する。

実は数年前まで、あたしはお銭さんを「ねえさん」と呼んでいた。厳密には、「お千《せん》姐さん」。お銭さんは、「お千」と名乗って芸者として座敷に出ていたのである。

あたしが、〈紅屋《べにや》〉の抱えになったのは、十一の時だった。

父が亡くなって、昔、深川から芸者に出ていた母のつてで、あたしは紅屋に預けられた。

芸者は、たいてい十くらいで下地っ子として芸者屋に引き取られ、十二くらいから雛妓《ひなぎ》として座敷に出る。玉代が、芸者の半分だから〈半玉《はんぎょく》〉といい、客には酌しかしないからたいてい〈半玉《おしゃく》〉と呼ばれている。肩揚げの振袖《ふりそで》を着て、芸者のように裾《すそ》は引かない。

半玉は、あどけなさ、可愛らしさが売り物なのである。

少女らしさの消える十六、七になると、〈一本〉の芸者になる。水揚げして女になる。

半玉時代から〈お千〉は体が大きかった。

丸々して可愛かったお銭さんは、背がぐいぐい伸びて、十四の時はもう芸者の姐さん衆より頭一つ飛び出してしまっていた。どう見ても肩揚げの着物も、桃割れの頭も似合わない。

それで、十四の時、十六と偽って水揚げさせられた。

芸者になってからは、今度は横にどんどん大きくなっていった。水を飲んでも太ると、芸者時代のお銭さんは、泣いてばかりいたものだ。

顔は美人で可愛いのに、丸々と肥え太り、客に、「女相撲に行ったらどうだ」とからかわれるような芸者だから、座敷の口もなかなか掛からない。

あたしが十九の時、ちゃら姐さんの旦那《だんな》の奥方が亡くなって本妻に直ることになり、芸者と置屋稼業を廃業することになった。借金をあらかた返していたあたしは〈自前〉の芸者になることを選んだ。

「せっかくだから、紅屋をそのまま譲ってもらって、抱えの一人でも置いたら」

と言う人があり、あたしは紅屋の看板も買い取った。

抱えを置くつもりはなかったけれど、問題は〈お千姐さん〉のことだった。お銭さんは、あたしと三つ違い、もう二十二になっていたが、借金は、まだまだ残っていた。お茶をひくばかりの上に、ろくな旦那もつかなかったのである。

芸者は、だいたい毎月着物を新調しなくてはならないから、そのたびに衣裳代がかかり、ただお座敷をつとめているだけでは借金はどんどんかさんでゆく仕組みになっている。

それに芸者で二十二というのは、もう年増もいいところだった。お銭さんは、でっぷり太っていたせいか、その頃すでに三十くらいの大年増に見られていた。

「お千を見ていると、うちの女房を見ているようだ」と笑われ、せめて芸事を、と励んでみても生まれつき筋が悪いのか、一向に上達せず、しかも大汗かきなのである。

芸者のかき入れ時の夏場など、「そばにいるだけで、暑苦しい」と姐さん衆にもいやがられた。

「気持ちがシャンとしていれば汗なんか出ないもんだよ」と、ちゃら姐さんにはいつも叱られて、とにかくお銭さんは、何をやっても間が悪かった。

「おまえなんか、台所の下働きにでもなればいいんだ」と、ちゃら姐さんに怒鳴られた時、お銭さんは思わず、女中として使ってくれとまで懇願した。

「何言っているんだい、おまえには金がかかっているんだよ。女中にするために、子供の時から綺羅《きら》を着せてたんじゃない。そんなことをいうなら蒟蒻《こんにゃく》島にでも女郎に売ってしまうからね。おまえなんか、なれの果ては場末の女郎だよ」

ちゃら姐さんは、自分の見込み違いに腹をたてて、そんな辛辣《しんらつ》なことを言いながらお銭さんを打擲《ちょうちゃく》した。お銭さんは、いつもこっそり蒲団《ふとん》の中で豆なんかをポリポリかじりながら泣いていたものだ。

「お千は、住み替えさせた方がいいよ。あれは、柳橋の玉じゃない」

紅屋を譲り受けたとき、あたしは周囲の人みんなにそう言われた。

「お千ねえさん……」

あたしはもうその時、腹をくくっていた。

「あたしを助けてくれない？」

芸者屋の看板を上げる以上、立花屋からの箱屋を頼むのではなく、専属の内箱を置きたかった。箱屋はうまく使わないと、あることないこと言い触らされてしまうことがある。その時すでに〈陰〉の仕事をやってゆくつもりだったあたしは、そのことを一番恐れていたのでなるべく気心の知れたできれば女の箱屋で、ひっそりとやっていきたかった。

あたしはお千ねえさんに芸者を廃業してもらい、箱屋と家のこと一切をやってもらおうと思ったのだった。

「だって、お玉ちゃん……あたしの借金は？」

「あたしが肩代わりするよ」

あたしには、借金のできる旦那はいくらでもいた。それに、もともとちゃら姐さんは、お千ねえさんの分まであたしに上乗せして稼がせていたのだから、実情はそう変わらない。

芸者屋とはそういうものだ。

稼ぎの少ない者の分まで、稼げる妓《こ》は稼がされる。だから、金はかかってもできるだけ抱えは置いておいた方がいい。一人売れっ妓の上玉がいれば、その家の者全員がおぶさって、どうにか立ち行くのがこの商売なのだった。

芸者を廃業できると聞いて、お銭さんは、巨体を揉《も》むようにして泣いた。

下がった土地に住み替えしても稼げないことは、よくわかっていたのだろう。人前で機嫌を伺うのも、大汗かきながら男と寝るのも、つらくてつらくて仕方がないと、お銭さんは、大きな体に似合わず泣いてばかりいるような性格だった。

それからあたしたちは、〈ねえさん〉が逆さになって、お銭さんがあたしのことを〈おねえさん〉と呼び、あたしはお千ねえさんを〈お銭さん〉と呼ぶようになった。でも、うちの中では、お玉ちゃん、ねえさん、と昔のままだ。

「年の近い娘二人じゃ、うまくいくわけがない」と、口さがない人々は噂したけれど、あたしたちは必死だった。

お銭さんは、昔から身の回りの始末はよかったし、食べることは大好きだから、台所仕事もいとわなかった。

なんといっても力持ちだから、帯もキリリと締めてくれる。芸者の帯は丸帯なので、一人ではもちろん締められないのである。お銭さんは三味線を持って芸者につき従い、着替えの手伝いから脱いだ着物の始末、雨が降れば傘を届けてくれたり、それはよく尽くしてくれる。

あたしたちは、見た目も性格も違いすぎて、争う気持ちにならないのか、家《うち》と仕《し》事《と》とを分担して、いまだにどうにか二人でやっている。

「お玉ちゃん、早く湯に行ってきちゃってよ。いつまでもゴロゴロしていると、家の中が、なかなか片付かないよ」

「うん……」

朝湯というには、もうすっかり陽も高くなっていたけれど、あたしはぐずぐずと起き出して湯屋に出かける支度をした。

そんなあたしを見て、お銭さんは、くすくす笑う。

「なに？」

「お玉ちゃんは、そうして寝ぼけて布団から出る時も、なんとなく色気があるなぁ、って思って」

「やだなぁ……」

どうも、閨《ねや》のことは習い性になって身に付いてしまうものらしい。男の待っている布団へ、するりと体を入れたり、寝ている相手を起こさぬよう身じまいに起き出す時の所作が、まるで踊りのように決まっていると、時々お銭さんはつまらないことに感心したりするのだった。

あたしは湯屋に行くと、一番に踵《かかと》を磨きあげる。

芸者は座敷に出る時は、どんなに寒くても足袋《たび》を履かない。素足が美しいのは、芸者として当然のたしなみ。

無心に踵を磨いていると、だんだんに心がスッキリしてくる。

体の手入れを丁寧にしていると、素人気《しろうとぎ》が抜けて、気持ちが締まってくるようだ。

湯屋の後は、清元《きよもと》の稽古《けいこ》に出かけた。

午前中は、湯屋と髪結いと、そして必ずお稽古をひとつ。

長唄《ながうた》は上品で、清元《きよもと》は江戸らしい粋《いき》なものだと人はいう。そのほか常磐津《ときわず》も一中《いっちゅう》節《ぶし》も歌沢《うたざわ》や小唄《こうた》端唄《はうた》、客の求めに応じて何でも弾かなきゃならないから、あたしは稽古だけは怠らない。

座敷ではおちゃらけて笑い転げたりしていても、いざお座付になって芸を披露《ひろう》する時は、どの芸者もみんな真剣な顔になる。その表情の落差がいいと言う人がある。ただ、賑《にぎ》やかにうち騒ぐだけでは、大口開けて笑っている顔しか見ることができないから、それだけでは面白くないというのだ。

そんな客を鬱陶《うっとう》しいという芸者衆もいるけれど、あたしはなんだか、やる気が湧いてくる。そうした味のわかる客に呼んでもらえる芸者になりたいと思う。

お稽古のあと、刺青師《ほりものし》の多緒の家にぶらりと寄った。

「……タオちゃん、何？　そいっ！」

あたしはその仕事場をのぞき込んだとたん、びっくりして立ちすくんでしまった。

多緒は、うつぶせになった巨大な赤鬼のような毛むくじゃらの男を、片足で踏みつけながら、その肩先に刺青を入れている。

「もしかして……異人？」

あたしは異人の裸というものを、初めて間近に見た。思わず両国広小路で珍獣の見世物を見るように、しゃがみ込んでまじまじと見つめてしまった。

男は、獣のような咆哮《ほうこう》をあげている。

「エゲレスだってさ。まったく、だらしないったらありゃしない。ちっと針を入れただけで泣きまくって……うるさいんだよ、もぅ」

「タオちゃん、なんでエゲレスなんていうのが、ここにいンの？」

多緒は作業を続けながら不機嫌そうに、「おい、ダンさん！」と、奥に声をかけた。

煙が漂っている。

その煙からは、かぐわしいような、不思議な香りがした。断髪の異人の服を着た男が、ふーっと煙を口から吐き出している。

だが、かき上げた髪からのぞく、その顔が日本人だった。

「だんさん、って……タオちゃん、旦那《だんな》ができたのかい？」

「よしとくれよ、こちらさんは、〈だん〉って名前だって言うから、そう呼んでいるだけのただのお客さんサ。ちょいと、ダンの旦那、このエゲレスになんとか言ってやってよ。彫りものは、痛いもんなんだよ。がまんできないなら、もう帰れって。うるさくて近所迷惑だ」

「……そのうち慣れるだろ」

そう言って、ダンは煙を吐き出しながらジロリとあたしを見た。

その態度がなにか普通の日本人とは違うように感じられた。ふつう、こんなふうに赤の他人の顔を、あからさまに正面からジッと見つめたりはしない。

「ダンって、変わった名前だね」

「……ダンケッチだ」

「えっ？　だんけっち？」

「こちらさんは、エゲレス様なんだとさ」

多緒は臆《おく》することなくズケズケと言う。

「東禅寺《とうぜんじ》の……？」

黒船が来てから、異人がこの江戸にもはびこるようになったことは、あたしも知っている。たしかエゲレスは、高輪《たかなわ》の東禅寺をねぐらにしているはずだ。

このダンという男は、見た目は日本人のようなのに、異国の言葉をしゃべり、東禅寺の公使館に暮らす、れっきとした〈エゲレス人〉なのだと多緒はからかい半分に教えてくれる。たぶん多緒も本物のエゲレス人だとは思っていないのだろう。

だが、たしかにその日本語は、なんだかあやしげだった。

「この毛むくじゃらの方は、エゲレスの水夫《かこ》なんだって。異人も彫りものをするらしくて……ほら、見てよ。こんなの……」

多緒は、踏みつけている異人の腕を指さした。赤毛の奥に埋もれるように、何か模様が彫ってある。

「なんだか……へんなの」

多緒とあたしは、呆《あき》れたように顔を見合わせて苦笑した。

「ジャパンのタトゥーのすばらしさは、もうメリケンだのエゲレスの水夫たちの間じゃ評判なのさ」

ダンが口をはさんだ。

「ところがね……誰もやらないわけよ。大金積まれても……」

多緒は、さかんに喋《しゃべ》りながら、手際よくどんどん墨を入れてゆく。

たしかに腕に自信のある刺青師なら、こんな仕事、誰も引き受けるはずがなかった。

それを多緒は請け負ったらしい。

「酔狂だねぇ……」

「あはは、異人を踏みつけて、ヒーヒー言わせるのは、ちっと楽しいよ」

多緒は無邪気なものだ。

刺青師という男の世界にいながら、多緒は男たちと張り合う気持ちが、まったくなかった。

男と同じ土俵でがんばろう、などとはこれっぽっちも考えていないらしい。

「お玉ちゃん、あとでたんとごちそうしてやるよ」

多緒は、このダンの旦那から法外な彫り賃を貰《もら》うことになるに違いない。

「……おまえも一稼ぎしないか？」

ダンは、無遠慮にあたしの顔を見つめた。

「なに？」

「異人の妾《めかけ》にならないか。おまえさんの器量だったら、公使《ミニスター》も大喜びだ……金は、四十は出すぜ」

四十とは、四十両のことだろう。おそらく公使には五十両用意しろと言っているに違いなかった。

あたしはせせら笑った。

「おあいにくさま。芸者玉勇は、ラシャメンとやらになるほど落ちぶれちゃいませんよ」

異人の妾になる女を、この頃ではラシャメンという。異人はラシャという毛織の服を着ているので、そのラシャ服と同じように異人の肌につくからその名がついたという話を聞いたことがある。本当のところはよくわからない。

たしかに芸者は金がかかるけれど、大口の旦那がいない場合は、小口の旦那を幾人も作ってしのいだりする。

たとえば、着物の旦那、帯の旦那、履物の旦那や、襦袢《じゅばん》や簪《かんざし》の旦那まで細かく分担してもらっている妓《こ》もいるのだった。

そんな身稼ぎして女郎みたいだと非難する人もいるけれど、あたしはなかなかいいんじゃないかと思っている。

一人の旦那に丸抱えしてもらうと、なにかと面倒なことも出来《しゅったい》するからだ。たとえば、その旦那がポックリ流行病《はやりやまい》ででも死んでしまったら、いきなりたちゆかなくなってしまう。

それより危ないのが、別れたくなった時に、別れてもらえなくなってしまうことだ。

心が離れたら、あっさり別れてくれるのが江戸っ子だと思ったら大間違いだと、姐《ねえ》さんたちは口を揃えて言う。

こればっかりは、江戸っ子だろうと何だろうと、「おまえには、金がかかっている」と、たいがいの場合もめるらしい。

金のことより、女が自分を捨てて別の男へと去ってゆく屈辱に、男は耐えられないのだろう。姐さんたちの何人かは、自分で金を工面して、旦那に支払って、それでやっと別れたと言っていた。意外なことに、こういう時は、だいたい金を払えばあっさりカタがつくという。男の方も、自尊心を金で埋め合わせることで、多少は納得するのだろうか。それにしても、芸者が旦那に手切れ金を払うなんて、なんだかアベコベで間抜けな話だ。

どちらにしても、こうした金を稼ぐのに、きちんとした手順を踏んでいないのはいやだった。いくら金になるからといっても、脇からズルしているような稼ぎ方は、後生が悪いようで気が乗らない。

ダンは、片方の眉《まゆ》を上げるようにして笑った。

「なんだ、芸者か。それじゃやだめだ」

「なんだ……とは、ご挨拶《あいさつ》だネ」

さすがにあたしもムッとする。

「ミニスターは、素人でなきゃだめだというのサ。病気が恐いらしい」

「ふん、ラシャメンになるような素人娘がいたとしたら、そっちの方が、よっぽど危ないよ」

本当は、玄人《くろうと》の方が体の手入れは丁寧にしていることを、世間の人は、あまり知らないようだ。体が元手の稼業だからそうだらしのない遊びなどは、できるはずもない。

「せんに、お玉ちゃんが蕎麦《そば》屋の娘を連れてきたじゃない？ あの娘なんか、どうかしら？」

多緒が、手の動きは止めずに、あたしの方をチラリと見た。

「ああ、お花ちゃんね……」

蕎麦屋〈鶴寿庵《かくじゅあん》〉の娘のお花ちゃんが、惚《ほ》れた男の名前を入れたいというので、頼まれて連れてきたことがあった。

ところが、多緒は、そういう男の名前などの〈起請彫《きしょうぼ》り〉は「そのうちすぐ別の男を好きになるに決まっているよ。その時、消してくれって言われても消えないんだからね」と、追い返してしまったのである。

「口をきいてくれれば、ちゃんと礼はするぜ」

「異人のために女の買い出しとは、ご苦労なことだけれど、さて異人の相手をする女なんているのかねぇ」

「おまえは、異人の男の味を知らねぇからそんなことを言うのサ」

「ふん、異人だって、することは同じだろ」

「さてね……」

ダンは、意味ありげに鼻先で笑った。

なんだかいやな男だ。

男が、どうやら異国の煙草のようなものをつまむ、その小指の先には、銀の指輪が光っていた。

いち早く横浜でエゲレスの言葉を覚えたのか、女を調達することで異人に取り入ろうとするこのダンという男の方が、あたしにはなんだか、本物の異人より、奇妙な生き物のように感じられた。

あたしは成り行きで、お花ちゃんを連れてダンに引き合わせることになってしまった。

女衒《ぜげん》みたいな真似はしたくないと思ったのに、ふと口をすべらせて当の本人に話をしてみたら、意外なことに、お花ちゃんはすっかり乗り気になってしまったのである。

たしかに四十両という金は、大金だった。

蕎麦屋の娘お花ちゃんが、貧乏な生家の家計を助けるという名目で、男と遊んでいるという噂は以前から聞いていた。

そういう年頃なんだろう、とあたしは思った。十九の厄年だという。男と遊ぶことが……チヤホヤされるのが、楽しくてならない時期が、女にはあるものだ。

ところが本人が言うには、生家も貧《ひん》しているが、お花ちゃん自身にも相当の借金があるというのだった。

「そんな借金が、どうしてあるの？」

聞いてみると、時々、男から着物やら簪やらを買ってもらうので、呉服屋も小間物屋も下には置かない。それで自分でもツケでどんどん買ってしまって、晦日《みそか》にドカッと取り立てが来る、という訳らしい。

落ちてゆくのは、いとも簡単なのだった。

東禅寺まで行くと、その門前の塀に寄りかかるようにして、ダンはぼんやりと西洋煙草をくゆらせていた。

あるいは、町のあちこちの軒先に翻っている巨大な鯉のぼりを眺めていたのかもしれない。家並みが低いせいか、鯉のぼりの竿《さお》ばかりが馬鹿に高く屋根から突き出していて、色とりどりの吹き流しは、さわやかな初夏の空にたなびいている。

この男の表情は研ぎ澄まされていて、どこか孤独で近寄りがたい。

「ダンの旦那《だんな》」

声をかけると、夢から覚めたように、ハッとしてあたしたちを見た。

「とんだ破礼娘《ばれむすめ》だな」

ダンは、お花ちゃんをジロリと一瞥《いちべつ》して言った。

破礼とは、卑猥《ひわい》なとか、破廉恥なという時によく使われる言葉だ。

お花ちゃんは、思いがけない言葉に立ちすくんでいる。

「……これで、もっと磨きをかけろ」

ダンは、懐から金を出してお花ちゃんに渡した。

お花ちゃんは、突然の言葉に、呆然《ぼうぜん》とダンを見つめている。

「明日、一人で来い。金を渡す。前金で三ヵ月分だ」

お花ちゃんが何か聞こうとするのを遮るように、ダンは早口でまくしたてた。

「いやならやめてもいいんだぜ。女はいくらでもいる。おまえの器量でこれだけの金を稼げるかどうか、よく考えてみな」

女の機嫌気褄《きづま》を取るようなところはみじんもなかった。

その断定的な言い方に、お花ちゃんはすっかり呑《の》まれてしまっている。

ダンは、それだけ言い捨てると、踵《きびす》を返してさっさと東禅寺の中に戻って行った。

「……行こう」

あたしは、お花ちゃんを促して歩きはじめた。

何もこんなところで金を渡さなくてもいいじゃないかと、歩いているうちにだんだん怒りがこみ上げてくる。

お金の渡し方には、品性がにじみ出るような気がする。

この頃、柳橋にも田舎者が多くなって、ご祝儀を着物の胸元に突っ込んだり、帯の間にねじ込んだり、それも恥ずかしいのか背中のお太鼓の帯の間にこっそり入れたり……そうしたやり取りが多くなってきた。

あたしはできればお金に触れたくないと思う。

ご祝儀も袋に入れて、茶屋や船宿などの女将《おかみ》さんを通じて下げ渡してもらうのが、一番すっきりしていていい。

お花ちゃんは、途方に暮れたように、ダンから渡された金を握りしめている。

「なんで、こんなことになっちゃったんだろ」

帰りの道々、お花ちゃんはポツリと呟《つぶや》いた。

かわいい顔をしているのに、肌が荒れていた。それを隠そうと白粉《おしろい》を厚く塗っているのが、また顔色をくすませている。

男を知ると、肌が輝くように艶《つや》やかになる娘もいるというのに、同じことをしていて、どうしてこうも違うのだろうか。

借金がますます増えているのだという。

「見ると……買いたくなっちゃうの」

あたしは声をたてて笑った。それは、みんなそうだ。

「頭も体も一つっきりなのに、どうして簪《かんざし》やら着るものやら、いくつも欲しくなるんだろうねぇ」

「たとえば、きれいな簪があるでしょ。縁起がいいっていう蝶《ちょう》の形だったり、厄除《やくよ》けになるっていう水晶でできていたりすると……なんかね、これがあれば、あたしは幸せになれるんじゃないかって、そう思うと、どうしても欲しくなってしまうの」

「ああ……」

お花ちゃんは、きっと何かを見失っているのだろう。

男出入りの絶えない女に、こういう女がよくいる。

女に生まれたからには……と、何か夢を見ているような娘。突然、いい男に見初められて、昨日までの人生とまるっきり変わってしまうことを、ジリジリしながら待っている。

そういう性格の女が、男にだらしなくなるのか、あるいは自堕落な生活に染まると、そうした性格になるのか、よくわからない。

「男と別れるでしょ……そうすると、その寂しさがなかなか埋められないの」

「そうだね」

あたしはふと、切実だな……と思う。

「やっぱり男でしか埋められないのかな」

「でも、次の男が前よりいいとは限らないから、こんなんじゃない、こんなんじゃないって、きりがなくなっちゃうんじゃない？　寂しくても、どこかで奥歯を嚙《か》みしめて堪えていかないと……ね」

あたしは、自分に言い聞かせるように呟く。

「お玉さんだって……」

「なに？　借金？」

あたしはわざとすっとぼけた。

「芸者に借金はつきものだよ。たくさん稼いでいるけど、たくさん使って借金もこしらえるくらいじゃないとね。つましく暮らしていると、なんだか所帯じみちゃって、『あれじゃ、芸者として華がない』なんて言われるのがオチなんだよ。金遣いが荒いと、『あの子は、きっといい芸者になる』なんて言われて……おかしな世界だね」

でも、実際そうなのだから仕方がない。

「でも、お金のために、客と平気で寝るんでしょう？」

「さてねぇ……お花ちゃんだって、あたしだって、強要されているわけじゃないんだから、別にいやな男とは寝なくてもいいんじゃないの」

「そうだけど……」

お花ちゃんは、うつむいて下駄《げた》を引きずるように歩いている。

「寝るときはいやじゃないのに、寝たあと急にいやになっちゃうの」

あたしはまた声を上げて笑ってしまった。

「それはよくあるねぇ。失敗した、どうしてこんな奴と……って」

「あたし、男が嫌いなのかもしれない。嫌いな男を受け入れてる自分は、もっと嫌い」

「じゃ、しなきゃいいのに」

「……だって、寂しいんだもん」

かくして、お花ちゃんは、いつまでも堂々巡りをしているのだろう。

いつか特別な人が現れるのを待っている。でも、もしかしたら、そんな人は現れないかもしれない。不安を埋めるために何かを買って満たそうとする。でも、心は満たされない……。

「どんどん年はくっていくし」

「年を取ってゆくと、なかなか面白いこともあるよ。男のずるさも弱さも、まぁ仕方ないか、って許せるし。だんだん、どうでもよくなってきちゃうんだ」

でもそれは、女としては、一種の堕落かもしれない。

「どうして……」

と、お花ちゃんが重ねて聞くので、あたしはだんだん面倒臭くなってきた。

「そのうち慣れるよ。昼寝が癖になるのと同じ」

いつでも嘘は用意してある。

だいたい「どうして……」と言われても、困る。

「忘れようと思っても忘れられないの。いやなことばかりが思い出されて……」

「昔の不幸を嘆いても、今が幸せになるわけじゃないからね。口がくたびれるだけだよ」

「お玉さんは、昔のことは思い出さないの？」

「思い出すさ……」

　本当は、忘れられない。

いつまでも忘れられない男がいる。

あきらめるでもなく、あきらめないでもなく。

　順押しに、昔の事になってゆくのを待っている。

「男のことのさみしさは、なんか、家族や友達や……お稽古《けいこ》ごとや、美味《おい》しいものじゃ埋められないんだよね。でも、さみしいからって、あんまり男にしがみつくのも、いやなんだ」

「あたしは、つまんない男でも、一人でいるよりまし、って思う。どうせ……」

　そう言って、お花ちゃんはホッとため息をついた。

「どうせ」っていうのは、「だって」っていうのと同じくらい、落ち込む言葉だ。

「どうせ」と「だって」の多い女は、なんだか不幸な感じがする。

「どうせ、あたしなんかもう、まともな男は相手にしてくれやしないんだ」

おそらく……男は、そんな女のさみしさに、つけこむのだろう。

たぶん、あたしは、お花ちゃんと同じようなことをしているくせに、何かが違うと思いたいのだ。

男と寝ることが、いやなことだとは思っていないような気がする。

それは、その場しのぎの恋。刹那《せつな》の恋。

いい加減で、気楽で……でも、そんなふうにして行けるところまで行ければいい、とあたしは割り切っている。

あるいは、そう思っていること自体、すでに魂は、少しずつ傷ついているということなのだろうか。

でも、だとしたら……妻となって、意に染まない男と、ずっと添い遂げることは、心を痛めつけないと言い切れるだろうか。

誰もそれはわからない。

ただ、あたしは男のことの占める割合を、なるべく少なくしておきたかった。

自分の思い通りにならないこと……努力しても結果の出ないことに、あまり重点をおいてしまうと、つまずいた時に重心を失ってしまいそうで、本当は、それがこわかったのかもしれない。

五月雨《さみだれ》の季節は、なんとなく人恋しくなる。生暖かい風が吹くと、自然になまめいた気持ちになってくるから不思議だ。

昼間の〈お約束〉で、〈村雨亭《むらさめ》〉という船宿に来ていた。

ここはこぢんまりとした落ち着いた店で、お忍びの客は、ひっそりと船で漕《こ》ぎ寄せる。

今日の客は、〈三《み》つ葉葵《ばあおい》〉の殿様と聞いていた。

この村雨亭の女将《おかみ》さんは上方《かみがた》の出だという。公家《くげ》の娘だという噂もあるほどの、物腰の柔らかな女だった。おしとやかに見えて、その実、一筋縄ではいかないところがありそうで、それでも不思議と人を惹《ひ》きつけて放さない。

あたしはなぜか半玉《おしゃく》の頃から、この女将さんに可愛がられていた。

芸者は、客に気を遣うと思われがちだけれど、本当は一番に気を遣うのが出先の女将さんであり、座敷を差配する古手の女中である。

贔屓《ひいき》の客が呼んでくれることもあるが、女将さんが客を見て、芸者を見立てることも多いから、そんな時に、いつも声をかけてもらえないと、売れっ妓《こ》にはなれないのだ。

この村雨亭の女将さんとあたしは、密《ひそ》かな共犯者でもあった。

芸者には、〈平《ひら》〉という宴席があれば、〈陰《かげ》〉という枕席《ちんせき》もある。

どういう経緯なのかわからないけれど、ここの女将さんには不思議な人のつながりがあって、御大名から、御留守居役、旗本の殿様から札差の大旦那《おおだんな》まで、身元の知れた上客が、この店にはたくさんついているらしいと噂されていた。

あたしは、ここでは〈紋ちらしのお玉〉と呼ばれている。

紋所を刺青した女を一度は抱いてみたいという酔狂な男たちが、密かに村雨亭の女将さんにわたりをつけてやって来る。

不思議なことに、この村雨亭の女将さんが寸法をつけた客には、ハズレがなかった。

あたしが窓から蕭々《しようしよう》と降る雨を眺めていると、屋敷船がひっそりと村雨亭の裏口に着いた。

今日のお相手は、越前《えちぜん》福井の殿様だという。ここでは、名を言わずに紋所を符丁にしている。

数年前井伊大老と対立して隠居を命じられ、今は隠居謹慎生活をしているらしい。

あたしは少し緊張しているみたいだ。

なにしろ葵の御紋の殿様である。徳川御三卿の田安《たやす》家のお生まれだという。そんな雲の上のような方が、船宿にヒョッコリ来るというのが、いまだに信じられなかった。

あたしは、手のひらに〈人〉という字を指先で三度書いて、チュッと吸うと立ち上がり、殿様が待っている座敷へ向かった。これは、上がらないための……おまじない。少し緊張していたくらいの方が、慎《つつ》ましやかに見えるというから、ちょうどいいかもしれない。

型どおり戸口で平伏して挨拶《あいさつ》を述べ、顔を上げると、思ったよりずっと若い男が酒を飲んでいた。

「酒をもう少し所望しようか」

どうやら船の中でもすでに、だいぶ飲んできた様子だ。

温厚そうに見えて、この越前の殿様は、畏《おそ》れ多くも前《さき》の公方《くぼう》様のことを〈イモ公方〉と呼び捨てにしていたらしい。

あたしは、侍講の〈オバケの殿さん〉から、いつも事前にいろいろ聞き出している。

「イモ公方！」

さすがにその話を聞いた時は、あたしは、あまりの痛快さに、笑いが止まらなくなってしまった。

「笑い事じゃねぇぜ。本当に、公方様は焼き芋が大好物で、みずから焼いて周囲の者に食わせようとするから、たまったもんじゃねぇ」

オバケの殿さんは、大身の旗本だけど、生粋《きっすい》の江戸っ子だから、伝法な口調でこぼしていたものだ。

あたしは、目の前にいる越前の殿様が、困惑した表情で焼き芋をかじっている姿を想像して、笑いを嚙《か》み殺した。

「あの……だいぶもう召し上がっていらっしゃるご様子でございますが」

「謹慎中の身の上なのだ。酒を飲むくらいしかすることもない」

殿様は、のらりくらりと盃《さかずき》を傾けている。

あたしは仕方なく酌をする。あたりはシンと静まりかえっている。

殿様は、脇息にもたれながら、あたしの手に触れた。

あたしが手を引っ込めると、ふっと笑う。

「抜いて持っていきゃしないよ」

その笑顔がきれいで、鷹揚《おうよう》な人柄のように見受けられた。

「今日は蒸すようだな」

殿様は、胸元をくつろげて風を入れた。

この数日、急に蒸してきたようだ。脇の下から腕の方に汗が流れてゆく。

「いっそ、もっと暑くなって明石を着る季節になればいいのに」

いくら暑くても、七月にならなければ、透ける明石のような薄物を着ることは許されない。

「暑かろう……」

殿様は、あたしの着物の背中のあたりをつまんで、ふっと息を吹きかけ、風を入れてくれる。

「ああ、涼しい……」

そのまま、猫のように殿様の膝元《ひざもと》にまとわりついた。

「ゴロリ酒というのは、恋の取り持ち……」

「寝取りでございますか？」

あたしは殿様のなすがままになっている。

「ほう……」

殿様は、着物の下の襦袢《じゅばん》をさらにめくって、あたしの尻《しり》をむき出しにして、体の紋を眺め回している。

「噂には聞いていたが、これはまた……まるで妓楼《ぎろう》の水揚帳《みずあげちょう》のようだな」

あたしは、殿様が水揚帳などというものをご存じなのがおかしくて、クスッと笑ってしまった。たしかにこうして眺めると、記録としての一種の玉帳のかわりになっているのかもしれない。

「これは……阿部伊勢守殿《あべいせのかみどの》の?」

殿様は、ただ丸を黒く塗りつぶしたような、黒い丸紋を指でなぞった。

「さて……」

あたしは曖昧《あいまい》に笑ってみせる。

誰もが知っている、かつての老中筆頭だった人物の紋所も、あたしの体には残っている。

「日の丸だな……」

「異国の船が渡来するようになって、日本の旗印をお定めになったのは、この御紋の殿様だったとか。偶然、ご自身の家の替紋《かえもん》と同じなので、それが理由で日の丸に制定したと思われると困る、とおっしゃっておられました」

「伊勢殿は、そうした奥ゆかしい御仁であったよ。余の義兄なのだ」

「まぁ、そうでございましたか。まだお若かったのに、急に亡くなられて」

阿部伊勢守正弘《まさひろ》は、老中筆頭といってもまだ三十代の若さだった。しかも童顔だったから、亡くなる直前まで少年のような雰囲気があった。

大名たちは、案外どこかで姻戚《いんせき》関係によって、つながっていたりする。〈紋ちらしのお玉〉のことも、表には出ないところで密かに囁《ささや》かれ伝わっているのだろう。

殿様は、そのままあたしを四《よ》つん這《ば》いにさせて、すべすべした尻をなでた。

「ここに三《み》つ葉葵《ばあおい》の紋を入れるがよい」

「あの……」

さすがにあたしは、ためらうように振り返った。

「葵の御紋は、あまりにもったいのうございます」

「そうか？　では、越前葵にするがよかろう」

「……はい」

あたしは、うつむきながらぼんやりと思い出している。越前葵は、たしか三つ葵を五つ鐶《かん》で囲んだ紋だった。

「……あ」

そのまま、後ろからあたしは犯された。

後ろからつながるのは、獣のようだとして、ふつう慎むことが多い。

こうした〈いつもはできないことをさせてくれる女〉とする時こそ……と、求めてくる男は少なくなかったから、あたしは慣れている。

殿様も、女の扱いに慣れているのか……ゆっくりと、抜き差しして……両手で包み込むように尻に手をかけ、動きに合わせて摑《つか》むように左右に広げる。そのたびに、擦れている部分が引きつれるように刺激されて、あたしは声を漏らしそうになった。

ところが、次の瞬間、がっくり殿様の力が抜けた。

「えっ？」

……終わってしまったらしい。

あまりの呆気《あっけ》なさに、あたしは一瞬あせってしまったが、あわてて余韻に酔ったように息をせわしなくさせた。

殿様は、大きく息をつくと体をあずけたまま、あたしを抱きしめている。

越前の殿様が、どれほどの方なのか、なぜ、掃部様に退けられて、若い身空で、蟄居《ちっきょ》隠居の身になったのか……あたしは、何も知らない。

別に知らなくても、たったこの一瞬だけで、いきなり何もかも飛び越えて、近しい間柄になってしまう。

それは、女であることの醍醐味《だいごみ》。

この一瞬は……地位も、置かれている立場も、何も関係ない。

本当は……案外、わかってしまうものなのかもしれなかった。

もぞもぞとお互いの体を探り合っていると、その人の稟性《ひんせい》のようなものは、意外に正直に出てしまう気がした。

ふと、オバケの殿さんが「越前殿の悩みの種は、お世継ぎのできぬことらしい」と漏らしていたのを思い出した。

生まれてくるのは、女子ばかりであるというのだ。

隠居を命じられたときも、男子がなかったため、急遽《きゅうきょ》、糸魚川《いといがわ》藩から養子を貰《もら》い受けて嫡子としている。

巷説《こうせつ》によると……。

女が先に気をやると男子が生まれ、女がいかないまま、男が先に果ててしまうと女子ができるという。越前の殿様に抱かれてみて、やっとその意味が……なんとなくわかったような気がした。

「何がおかしい？……そんなによかったか？」

「はい」

名君のこうした愛すべき部分を知ると、なんだか親しみを覚えて嬉《うれ》しくなる。

世の中に伝わる俗諺《ぞくげん》のたぐいも、時には真理をついているものであるらしかった。

あたしは、その日、喉《のど》の調子がどうもおかしくて、橘町《たちばなちょう》へ〈ズボートウ〉という声のよく出る薬を買いに行った。

オランダ渡りの甘草を煮詰めたようなもので、ドロップス・ズートホートとかいうのが本当の名前らしいけれど、この大坂屋では〈ズボートウ〉といって売っている。

帰りに寄り道して、最近評判の藤井屋のぼた餅《もち》を、往来に面した店先に腰掛けて食べていると、往来の一方が騒がしくなったので顔を上げたとたん、あたしは、餅が喉につまりそうなくらいびっくりした。

馬に乗った異人が、侍数人に斬りたてられている。馬にはエゲレス国旗がはためいていて、よく見ると馬上の男は異人ではなく、ダンであった。

どうやら馬上の〈変な日本人〉が、侍たちを蹴散《けち》らすように走り抜けようとしたことから、諍《いさか》いになったものらしい。

あたしは、咄嗟《とっさ》に飛び出して叫んだ。

「お侍さん、そいつは短筒《たんづつ》を持ってますよ！　お気をつけになってくださいまし！」

一瞬、ハッとして侍たちがひるんだ。

ダンがその隙に、馬を飛ばして逃げてくれれば……と思ったのだ。

だが、次の瞬間、ギョッとしたのは、あたしの方だった。

ダンは、逃げようともせずに、本当に胸元から出したピストルの銃口を、侍の一人に向けてピタリと狙いをつけ、今にも引き金を引こうとしている。

その構えには一分の隙もない。

侍たちの方が、泡を食ったように逃げて行った。

ダンは、あたしを一瞥《いちべつ》すると、声もかけずに馬を飛ばして去ってゆく。

残ったあたしだけが、仁王立ちになったまま、見守る人々の視線に晒《さら》されている。

「……店先で死人が出なくてよかったよ」

店の親爺《おやじ》が気を利かせて、茶碗《ちゃわん》を差し出すので、ゴクリと一口飲んだら……酒だった。

むせそうになったけれど、あたしは勢いでそのままガブガブ飲み干してしまった。


しばらく歩いたら、急に酔いが回ったようで、あたしは近くの神社の境内の木陰にしゃがみ込んで、胸元をくつろげた。

耳たぶに唾《つば》をつけて、手で扇《あお》いでみたりしているうちに、やっと少し人心地がついてくる。

突然、ビシッという音が耳元でして、後ろの大木の木肌がはぜた。

ハッとして顔を上げると、ダンが、くわえ煙草のまま、ピストルを撃ち放している。

狙いをつけた大木には、次々と弾痕《だんこん》が刻まれてゆく。

こんなに正確に、狙い撃ちができるものなのかと、あたしは血の気がひいた。

続けている。

先ほど斬られた左腕の傷口からダラダラと血を流したまま、ダンは引き金を引き
この男は……いったい、これまでどこで何をしてきたのだろう。

あたしは見かねて懐から出した手拭《てぬぐ》いの端を、糸切り歯で切ってピリリッと裂く
と、ダンの袖口《そでぐち》をまくり上げ傷口を縛ろうとした。

「……親切だな」

「いやなんですよ、血を流したまんまにしておくのが」

「自然に止まるさ」

あたしは、ふとダンを見つめる。

この男は、こんなふうに平気で血を流しながら、世の中を渡ってきたのだろうか。

「……あ」

その二の腕に、刺青《ほりもの》が見えた。

ダンはすぐにシャツを下げて隠した。

「〈命の彫りもの〉だね」

あたしは、からかうようにクスッと笑った。

……◯◯命
「ダンの旦那《だんな》……」

どうやら女の名前が彫り込まれているらしかった。それが色あせてにじみ、名前はもう読み取れない。

惚《ほ》れ合った男女は、お互いの腕に相手の名を〈いのち〉という言葉とともに彫り込む。それを俗に〈命の彫りもの〉という。

命とは、心ざす人を命にかえて、と思うことだろうか。それとも命の限りに思う、ということだろうか。

だが、そうして誓った刺青も年月とともに色あせてゆく。

背中などの刺青は、数年に一度〈さらう〉といって、にじんだ色や線をもう一度きれいに整える。刺青は一度彫っただけではだめで、一度入れたら死ぬまで繰り返し針で突かなければ、その美しさは保てないものなのだ。

それだけの覚悟がいる。

ところが、こうした〈命の彫りもの〉は、だいたいは、その時々の熱情にかられて彫るものだから、たいていは彫りっぱなしで、年々色あせてゆき、またある意味ではそれが味にもなるというものなのだろう。

ダンは、煙草の煙に目を瞬《しばたた》かせながら、無言でピストルを納めた。

「……すごいね」

「仕込まれたのさ。流れ流れた汚い町で。食っていくために」

いくら剣術の名人でも、こんな飛び道具が相手じゃ歯が立たないだろう。

ということは、ダンは、どんな武芸者にも、負ける気がしないのかもしれない。

「……少し目立ちすぎですよ。あれじゃ、斬り殺してくれ、と言わんばかりだ」

市中で馬に乗ることが許されるのは、侍でも大身の旗本だけである。

「……おれは、エゲレス人だ。日本国の身分にはとらわれぬ」

たしかに、この男には、なにか不思議な雰囲気が備わっていた。

動物的な嗅覚《きゅうかく》のするどさと緊張感。

そんなものをギラギラと発散させながら馬に乗り、刀も及ばない武器を操る。

「危ないから街に出るなとミニスターは言うが、公使館の中にいると息がつまる。街に出た時のヒリヒリした感じが面白いのさ」

あたしは、ふと手を止めてダンを見上げた。

この男は、さみしいのかもしれない。

「……いい匂いがするな」

ダンは、あたしの手元を見つめている。

「これのことかしら……」

あたしは、帯締めに下げた匂い袋を示した。

多緒のところで刺青をした娘が、ハマグリに香を入れ、布で包んで縫い合わせた匂い袋をたくさん作ってきたというので、あたしもひとつ貰《もら》ったのだった。

こんな小間物を作って喜んでいるごく普通の娘が、外からは見えない部分にそっと刺青を入れているのが、ちょっと不思議だったが、最近では、そんな娘が時々やってくるのだそうだ。

「お玉ちゃん、あのね……刺青を入れたいっていうのは、見るからに〈すれっからし〉っていうふうなのは少なくてね。ごく普通の……逆に良家のお嬢様みたいなのが、案外、大胆なことをするよ」

多緒は、そんなことを言っていた。

ダンは、くんくんと顔を寄せて匂いを嗅《か》いでいる。

あたしは黙々と作業を続け、力いっぱい傷口にまいた手拭いを縛ると、下げていた匂い袋をはずして、ダンの服のボタンに引っかけてやった。

「……やるよ。どうせ、貰いものなんだ」

「大事な男からじゃないのか？」

「匂い袋くらいで、柳橋の芸者を釣ることができるものかね」

「ヨーロッパでは、男が女に匂い水を贈ったりするよ」

「腕に彫り込んだ女の人には？」

ダンは、チッと舌打ちした。

「十年も前の女だ」

この男にとって腕に彫り込んだ女の名は、誰にも知られたくない若い日の苦い思い出になってしまっているのだろう。

「十年？」

「……正確には、十一年だ」

あたしは思いがけないその月日の長さに言葉を失った。

「女は知っているの？」

「なに？」

エゲレス人になったことを……と聞こうとして、やめた。十年といえば、人が変わるのに充分すぎる年月だ。

「なぜ、エゲレス人になんかなったの？」

ダンは答えなかった。

「難破して……」

「難破？」

ダンは、自分の意志とは関わりのないところで日本から放り出されていたのだった。

「水夫《かこ》として乗り込んだ船が難破して、漂流していたのをメリケン国の船に救われたのサ」

「メリケン人にはならなかったの？」

「メリケンに一緒に連れて行かれた仲間たちは、だんだんチリヂリになって、その中の一人、仙太郎《せんたろう》は……サムパッチと呼ばれて、せっかく黒船で日本に帰ってきたのに、上陸せずに、またメリケンの船に戻っちまった」

「どうして？　上陸して日本の土を踏みたかったでしょうに」

「国禁を犯したとして、殺されると思ったのだろう。黒船にやって来た浦賀《うらが》の役人を前に土下座して、顔も上げなかった」

異人たちの目には、不快にさえうつるほど、その態度は卑屈だった。

「メリケン国のネービーの禄《ろく》を受けていたっていうのに……まったく意気地のねぇ野郎さ」

ダンは、軽蔑《けいべつ》したようにかつての朋輩《ほうばい》のことを口にした。

仙太郎は、今もサムパッチとして、ひたすら世の中から隠れるように、オランダ商人の家僕としてひっそりと暮らしているという。日本に帰って来たのに、故郷に帰ろうともせず、仙太郎という名も捨てて。

一方、難破した仲間の中で最年少だった彦太郎《ひこたろう》は、年若だったせいか苦もなく異国の生活に順応し、メリケンで学問を修め、人々に愛され、今や《ヒコ》と呼ばれ、メリケン国の公使館に勤めて、すっかりメリケン人になってしまっているという。

「あいつは耶蘇《やそ》に改宗したんだぜ」

ダンには考えられないことだった。

同じ船に乗っていた三人は、それぞれの刻まれた時間とともに、それぞれの道を選んだ。それは、そのメリケン国に渡った時の年の差が、思いがけなくくっきりと浮かび上がる結果になった。

「家族に会いたくないの？」

「兄から便りが来た」

ダンは一瞬、沈黙した。

「会いたければ、そっちから紀州まで会いに来いと……」

ダンは紀州の漁村の出身だった。

「かかわりになりたくなかったんだ」

吐き捨てるようにダンは言う。

異人の扱いを受けなければ、入国を認められなかったダンは、自由に旅をすることなど許されるはずもなかった。

一方、田舎の小さな漁村で暮らす親族にしてみれば、突然、異国の船で異人となって帰国したと言ってこられても、世間の目をはばかって、そうした対応をせざるをえなかったのだろう。

ダンは結局、異国の人間になるしかなかったのだ。

「ねぇ、もう一度、見せてよ」

あたしは、女の名を知りたくなって、もう一度ダンの服の袖《そで》をまくり上げようとして、いきなり体の重心を失った。

「……あ」

抱きすくめられている。

「やめて……よぅ」

いきなり唇をふさがれて、言葉にならなかった。

「……ん」

それは、今まで一度もしたことのないような口づけだった。舌の使い方も、吸い方も……。

思わず声を漏らしそうになった瞬間、邪険にあたしは突き放されて、ダンは、木立につないであった馬に飛び乗ると、風のように走り去っていった。

あたしは一人取り残されて、変に恋しいような気分で、唇を奪われた余韻に酔っている。

……惚《ほ》れるかもしれない。

一瞬、そんな思いにとらわれた。

ときどき座敷に出るのが、億劫《おっくう》になることがある。

村雨亭で殿様の相手をして〈陰〉の稼ぎをしたあとは、お銭さんが女将《おかみ》さんのところへ集金に行く。決して客との間で金銭のやりとりはしない。これは相手が誰であろうと枕席の約束事だった。

金ではなく、色恋のつもり……が、花街でのしきたり。何ごともたてまえはたてまえとして、芸者は芸者らしく……この〈らしく〉が大事なのだと、ちゃら姐《ねえ》さんなどは、いつも口をすっぱくして言っていたものだ。

でも、陰の稼ぎをすると、なんだかコッコッとお座敷をつとめるのが馬鹿馬鹿しいような気持ちになってくる。

あぶないあぶない、とあたしは思う。

女は気をつけないと、体に記憶が残ってしまう。心地よい、いい記憶も刻み込まれるし、いやなものも澱《おり》のように溜《た》まってゆくような気がする。

あたしは、きちんとお座敷をつとめて評判の芸者だからこそ価値があるのだ、ということを忘れちゃいけない、と崩れそうになる自分をたしなめる。

なるべく男の影は引きずらないように。

「さっきの座敷、やっぱり貰ってもらおうかな」

あたしは、お銭さんに声をかける。

お銭さんは、その辺は心得たもので、さっき口が掛かった時も、「あいにくちょっと脇に出たばかりですので、戻りましたらお知らせします」と、うまく言い繕ってくれている。

すぐに大汗かきながら立花屋まで走っていって、「帰って参りましたが、お間《ま》に合いますでしょうか」とかなんとか言って、座敷を貰ってきてくれることだろう。

その夜の出先は、柳橋の老舗《しにせ》、〈大橋《たいきよう》〉だった。

店に着くと、もう座敷からは、大声でうち騒ぐ宴席の声が聞こえていた。

あたしの三味線《はこ》を持って付いてきてくれたお銭さんは、箱部屋で継いで音を合わせてくれている。

あたしが、「こんばんは」と座敷に入ってゆくと、若い芸者たちが「お先へ」と答えて、ホッとしたような顔をした。

今日の客は、またまたどこかの田舎者らしく、通も野暮もあったものでなく、わがままいっぱい、したい放題大騒ぎしていればご機嫌、という連中のようだ。

「……あっ？」

その中で、ひたすら刺身を食べているのは……ときどき、あたしの用心棒をしてくれているドーカンさんではないか。

「おう、お玉。ちゃんと帰りは送ってやるぞ」

なんだか威張りながら、黙々と刺身ばかりを食べている。

「ここの刺身はなんだな、馬鹿に分厚いな」

ここは刺身を売り物にしている店で、その刺身は、俗に「大橋の刺身は一ッ土手を三切れ」と言われるほどの大片《きれ》で、どんな大不漁《しけ》の時でも、刺身を切らしたことがない、というのが自慢の店なのだった。

「まぁ、ドーカンさん、〈たいきょう〉も知らないの？　ここは刺身で売っている店で、ふだん刺身の厚いのを〈たいきょう〉って言うでしょう？　あれは、この店の名に由来しているんですよ」

そう言いながら、あたしはお客様あしらいでドーカンさんに酌をしてやった。

隣で静かに飲んでいる細面の男は、ドーカンさんの道場の先輩で、先代の塾頭の長州藩士桂小五郎《かつらこごろう》というらしい。

「じゃ、お強いんですね」

と、あたしが剣道《やっとう》の真似をしてみせると、桂さんはニコリともせずに、「いや、いざとなったら逃げるに限ります」と、真面目くさった顔で言う。

「桂さん、こいつは旦那《だんな》もこしらえず、情人《おっこち》もなし、芸一筋の、出来損ないのような芸者ですよ」

ドーカンさんが、何も知らずに大声で吹聴《ふいちょう》する。

こっちも癪《しゃく》だから、「情人なんて、そんなものこしらえるくらいなら、新芋でも買って食べるわ」と言い返すと、桂さんはクスッと笑った。

「情人がなければ、稼ぐ張り合いがないだろう」

桂さんはどうやら女の方も、だいぶ修業を積んでいるとみえる。たしかに、なかなかの苦みばしったいい男だった。

ドーカンさんは、がっちりした体軀《たいく》で頭も大きく立派だが、桂さんは顔の大きさなど、ドーカンさんの半分くらいしかなくて、華奢《きゃしゃ》な体つきをしている。

「ドーカンも、その大きな頭に、もうちっと脳みそが入っていればなぁ」

桂さんは辛辣《しんらつ》な言い方をしたが、どうやら本質を突いているらしくて、ドーカンさんはヘラヘラと頭をかいている。この前塾頭の桂さんは、文武両道の才子で、最近では長州を代表する攘夷《じょうい》論の親玉になっており、攘夷を信奉する若者の間では大いに尊敬されている人物であるらしい。

「いや、この頃渡辺さんは習字の稽古《けいこ》にも励んでいるので、寒稽古中に道場前に貼り出しておく〈寒稽古〉の貼り紙の字などは、なかなかなもんですよ」

と、別の男が口をはさんだ。

今日の宴席はどうやら久しぶりに江戸に出て来たこの前塾頭を囲んで、道場の連中が集まったものらしい。

「おぅ、お玉、聞いたか？」

こんなところで、ドーカンさんに気安く話しかけられると、なんだかドーカンさんと訳ありのように思われそうで、あたしは気が気じゃないのだが、ドーカンさんは、一向にお構いなしだ。

「エゲレス公使館の通詞《つうじ》が殺されたっていう話、聞いたか？」

「えっ！　もしかしたらダンのこと？」

「ダン？　なにがダンだ。あいつァ、〈らしゃめん伝吉〉っていうんだよ」

ドーカンさんは、割れるような大声で怒鳴った。

「伝吉っていうのが本当の名前だったんだ。下手人は、誰だったの？」

「さぁ……〈どんたく〉っちゅう休みの日に、公使館前で何者かに後ろから一突き、……背中から胸まで刺し貫ぬかれて、ばったり倒れ込んだらしい」

白昼の人通りの多い往来での事件であったため、多くの人々がダンが殺される瞬間を見ていたはずなのに、下手人を目撃したという人間は、一人も出てこなかった。

ダンはよほど周囲の人々に憎まれていたのだろう。

「殺《や》ったのは、攘夷の浪士という噂だが……それがな、どうやらラシャメンになった娘と恋仲だったというのだ」

「……お花ちゃんの」

ダンにとっては……甘く見ていた破礼娘《ばれむすめ》が、結果として命取りになった。

だが、ダンが死んだところで、お花ちゃんが公使館のラシャメンとなることに変わりはない。

「まったくあのラシャメン野郎は、エゲレス人であることをカサに着て、日本人を見下した態度を取ったり、馬にまで乗りおって……」

ドーカンさんまで、この頃では、すっかり攘夷論者になってしまっている。

「よほど鬱憤《うっぷん》がたまっていたのだろう」

桂さんは、旧知の浦賀奉行与力から、ダンのことを聞いていた。

漂流民のダンは放浪の果てにたどりついた上海で、英語の達者な日本人として英国公使オールコックに拾われた。

だが、日本の役人と交渉をはじめてみると、ダンは、英語は達者だったが、武家言葉が理解できず、役人はおろか、日本人通詞との会話もおぼつかなく、その上、漢字で書かれた文書にいたっては、まったく読むことができなかったのである。

日本人の態度に、あからさまな〈ダン〉に対しての侮蔑《ぶべつ》の色が浮かんでいることに気付いたオールコックは、急にダンを冷遇するようになり、最近では雑役夫くらいにしか、公使館では扱われていなかったらしい。

「上海に戻ったらどうだ。日本にいては、命があぶない」

と、公使館では、遠回しに厄介払いしようとしたが、ダンは頑《かたく》なに日本を去ろうとはしなかった。

「……通詞殺しには、久々に胸のすく思いだったな」

桂さんは冷ややかにそう言って、盃《さかずき》をあおった。

攘夷って、そういうことなのかな、と……あたしはふと、この攘夷論者たちの様子に冷めた気持ちになった。

たかだか公使館の通詞だか雑役夫だかを一人殺したところで、何の意味があるのだろうか。

主義主張は、時として何かわかりやすい生け贄《いにえ》を求めるものなのかもしれない。

いくら彼が自分をエゲレス人のダンだと言っても、周囲の日本人は、〈伝吉〉としか呼ばなかった。

それなのに、〈伝吉〉は祖国の人たちに、異人扱いされて殺された。

「いや……日本人だからこそ、殺されたのだ」

桂さんの言い分は、たしかに正しかった。

攘夷を主張する人々にとっては、異人より、異人にかしずく日本人の方が許し難い存在だったに違いないのだ。

「死んじゃったのか」

不思議に悲しみはなかった。

逆に……あたしはホッとしていたのかもしれない。

……深みにはまらなくてよかった。

心のどこかでそう思ったような気がする。

ふと、あたしは、東禅寺の塀に寄りかかって、煙草を吹かしていたダンの姿を思い出した。あの時、ダンはどんな思いで、富士を背景にたなびく鯉のぼりを眺めていたのだろうか。

何のためにダンは帰ってきたのだろう、腕に彫り込んだ女とは会ったのだろうか……とふと思ったけれど、結局、わからないまま男は死んでしまった。

やっと戻ってきた日本で、まだ一年も経っていなかっただろう。殺されるために帰ってきたようなものだった。

あるいは……彼は、それだけのために帰ってきたようにも思われた。

湯屋の帰りに、多緒のところに顔を出すと、若い娘が、多緒の前でしおたれていた。

「あたしは〈切れ墨〉は入れないって決めているんだ。どうしても、って言うなら、他の刺青師《ほりものし》のところへ行きな」

多緒にはっきり断られ、娘は、しぶしぶ頷《うなず》いて帰って行った。

他人の名前を体に入れることを、刺青師の間では〈切れ墨〉というらしい。

〈切れ〉は、縁が切れる、ということ。

なぜ縁を結ぶはずの命の彫りものが〈切れ墨〉と呼ばれるのか、多緒もわからないという。

「でも、たいがい切れるらしいよ」

「男の名を入れると？」

「彫師はみんなそう言う」

たしかに本当に深く思い合っていたら、わざわざ名前を入れる必要なんかないのかもしれない。

「……まったく、恋にのぼせると、どうしてみんな〈命の彫りもの〉を入れたがるんだろうねぇ」

女が恋に酔って男の名を入れたいということもあるだろうけれど、男の気持ちをつなぎ止めようと、「惚《ほ》れた実を見せるため」と彫ってみたり、逆に男から「オレも彫るからおまえも彫れ」と迫られたりしているのを見聞きしていると、どうも駆け引きの方が見え隠れして、それがいやだ、と多緒は言う。

「萎《しな》びた腕に昔の男の名前なんて、ぞっとしないじゃないか」

多緒は、道具を片付けながらプリプリ怒っている。

「惚れた男がずっとそばにいるような気分になるんじゃない？　男の名前を体に彫り込むと」

刺青は、体に彫り込まれた瞬間、何か妙な存在感を発散しはじめる。

宿主の運命を変えてくれそうな気もするし、また宿主を縛り付けもするのだろう。

「ダンの旦那《だんな》も、そういえば……」

あたしが、ふと思い出して呟《つぶや》くと、「そうそう、ダンの旦那が、お玉ちゃんが来たら渡してくれって……」と、多緒は立ち上がった。

「えっ！　ダンの旦那、死んだんだよ」

「……ほんと？　いつ？　ここへ来たのは、十日くらい前だったかな」

「じゃ、殺される直前かな」

「そうか、殺されちゃったんだ」

多緒は、道具箱に無造作に放り込まれていたガラスの小瓶を取り出した。

中には琥珀色《こはくいろ》の液体が入っている。

「異国の、いい匂いのする水だって」

あたしは、瓶の蓋《ふた》をひねくり回して開けてみた。

「うわっ、何これ？」

「くさーい！」

多緒もあたしも、匂いを嗅《か》いだ瞬間、気持ちが悪くなってむせかえった。

「これ、毒じゃないの？」

あたしは、慌てて瓶の蓋を閉めたが、手についた匂いは、いくら洗っても消えない。

「気味が悪いね……どうしよう」

「埋めちゃえば？」

仕方なくあたしは、麻布にある光林寺まで持って行って、建てられたばかりのダンの墓の脇に、小さな穴を掘って、その小瓶を埋めた。

ダンの墓は、エゲレス人らしく異国の言葉が刻まれていた。裏に回ってみると、意外なことに戒名が刻まれている。

〈伝翁良心居士〉となっていた。

ダンは、誰に渡すつもりでこの小瓶を買ってきたのだろう。腕に刻まれた女の名は、もう知るすべもなかった。あたしの体に散らした紋もまた、やがていつかあたしが死んだ時に消えてしまう。残らないことがわかっているからこそ、殿様たちもその紋所を、あたしに与えて下さるのだ。

はかなく消えてしまうから、美しい。

ひとつの刺青によって運命が変わるとしたら……あたしは、ひとつひとつ刺青を入れるごとに、別の人間になってゆくということなのだろうか。

あたしは自分の血によって、この、いくつもの閨《ねや》の形見を養っていく。

それは、男たちの生きざまを刻んでゆくことのようにも思われるのだった。

手に残った匂いは、時がたつにつれて芳香となり、それはダンの体にかすかに漂っていた残り香と同じだったということに、やがてあたしは気がついた。

毎日のように火事があり、人殺しがあり……なんだか世の中がせわしく感じられても、人はだんだん慣れっこになってしまうものらしい。

柳橋の料亭も、どこか殺伐とした空気が流れ、しみじみとしたところがなくなってきたような気がする。

暑い毎日もいつの間にか過ぎ、朝晩は虫が鳴くようになって、だいぶしのぎやすくなった頃だったろうか……座敷の脇の控えの部屋で、あたしが三味線の音を合わせていると、ふらりとオバケの殿さんが入ってきた。手水《ちょうず》に立った帰りなのか、お気に入りの半玉《おしゃく》の粂八《くめはち》が付き従っている。

「……芸者の調子笛をくわえて音を合わせる様子は、いつ見てもいいものだな」

あたしは、顔を上げる。

三味線の音を合わせるために、調子笛というのを鳴らすことがある。笛をくわえて、うつむいて無心に音を合わせているところがいいらしい。

「半玉にはない風情だな」

オバケの殿さんは、傍にいる粂八に、そんな当てつけを言ってからかっている。

半玉のうちは、舞が専門で、決して三味線は弾かない、という決まりがあるのだ。

「そのうち、いやでもやらなくちゃならないんだから」

あたしは、笑ってとりなすけれど、粂八はニコリともしない。この妓《こ》は、空笑いしないところがいいといわれているけれど、ちょっと愛想がないと、嫌う人もいる。

オバケの殿さんのお気に入りというだけで、やっかむ人もいるし、天狗《てんぐ》になっていると陰口をたたく者もいるから、どうしても突っ張りたくもなるのだろう。

「そうそう、これを読んだか」

オバケの殿さんは、懐から一冊の草双紙《くさぞうし》を取り出した。〈綿羊芝海老草紙《らしやめんしばえび》〉と表紙にある。

「例のお花という娘、死んだらしい」

「えっ！」

あたしは、調子笛を取り落としそうになった。

「もしかして……殺されたの？」

「なんだ、この間の東禅寺の事件も知らぬのか……呑気《のんき》なものだな」

「攘夷《じょうい》の浪士が、エゲレス公使館のある東禅寺に斬り込んだという大騒動のことでしょう？」

粂八が横から口をはさんだ。

「まぁ……」

恥ずかしい話だけれど、あたしは、ちっとも知らなかった。だいたい世の中のことにも、周囲の噂などにも疎い方なのだ。

あたしは世の中の動きにはたいした関心もなく、朝に晩に湯屋で、世間の噂を耳にするくらいが関の山、あとは稽古《けいこ》に行き、身じまいを整えて座敷に出るという毎日を繰り返しているだけだった。

でも、江戸の人間の大半は、そんなものだろう。世の中がどうなっていようと、案外平気で生きていけるものだ。

「この間、会ったばかりなのに」

ついこの間、と思っても、もうだいぶ経っているかもしれない。

往来でばったり会って、そうたしかダンが殺された話から……あの臭い水の話になったのだ。

「埋めた？」

あたしが、臭い水の始末に困って捨てた話をすると、「あのオーデコロリという水は、値にすれば二両や三両にはなるのに……」と、ものを知らない人間を蔑《さげす》むような呆《あき》れ顔をされたものだった。

あの高圧的ともいえる自信に満ちた態度は何だったのだろう……と、あたしはお花ちゃんと別れた後、妙な違和感を覚えたことを思い出した。お花ちゃんは、ちょっと見ない間に、びっくりするくらい落ち着いて、垢《あか》抜けて見えた。

「エゲレス人と、警護の方たちが、だいぶ斬られたのでしょう？」

条八は、こうした世の中の動きや噂を、どこから仕入れてくるのか、よく知っている。

「その中にお花ちゃんも……」

お花ちゃんは寝所で殺害されていたという。

「それが、この本によると……」

オバケの殿さんは、草双紙の表紙をトンと指で叩《たた》いた。

どうやらこの草双紙は、その東禅寺の事件とラシャメンの話を面白おかしく読物にしたものらしい。

「斬り込んだ浪士の中に、お花の情人の高畑房次郎《たかはたふさじろう》という男がいたというのだ」

「どういうこと……？」

「お花は、その高畑に殺された、というのがもっぱらの噂だよ」

逃げまどうお花ちゃんに、「お花か？」と声をかけたのは高畑だった。懐かしい男の声に、ホッとして駆け寄ったお花ちゃんは、次の瞬間、かつての情人の手によって無惨に斬り捨てられていた。

高畑は、お花を売った〈らしゃめん伝吉〉を殺し、果てはお花までも殺《あや》めたのだという。

パラパラとめくると異人と日本人娘の挿絵が入っている。拾い読みしてみると、エゲレス公使館に上がる時、お花ちゃんは、「あたしだって、何を好きこのんで毛唐の妾《めかけ》になんぞ、なるものですか」と高畑に言い訳したと、見てきたように書かれていた。

「でも、この間、お花ちゃんを見かけた時は、なんだかまんざらでもなさそうな様子でしたよ」

「それ、そこよ」

オバケの殿さんは、くだけた調子で頷《うなず》いた。

「男の方も、哀れに思えば情もつのるが、女があまりにいけしゃあしゃあとしているもんだから、面憎くなったらしい」

一方で、お花ちゃんの方は、西洋人の豊かな暮らしぶりを目の当たりにして、攘夷論者の男たちの青臭さが、次第に鼻についてきたものとみえる。

「みんな異人異人って蔑むけれど、今では将軍様でも御老中様でも、異人には頭が上がらないじゃありませんか」

なるほど、その異人にぞっこん惚《ほ》れ込まれているお花ちゃんは、考えようによっては将軍様より上に位置するような気分になっていたのかもしれない。

あの不遜《ふそん》ともいえるお花ちゃんの態度は、そうした理屈に裏打ちされていたのか……あるいは、それほど男に惚れ込まれているという自惚れだか自信だかが、彼女を強くしたのだろうか。

それとも……女は、地位のある男と寝ると、自分まで偉くなったような錯覚に陥ることがあるのかもしれない。あたしだって……葵《あおい》の御紋を入れたとたん、なんだか急に自分がいいものになったような気分に、ちょっとなったような気がする。もちろん、湯屋で見とがめられたりしたらたいへんだから、隠し所に彫ってあるけれど……。

女は、その自負心が何で裏付けされているのか気取られないようにしなくてはと、あたしはふと思う。

だけどそんな女心のうつろいが、尊皇攘夷に凝り固まった男にわかるはずもなかった。

嫉妬《しっと》心は、いつのまにか天誅《てんちゅう》の大義名分にすり替わっていったのだろう。

「そういえば、以前……」

ふっと、お花ちゃんが多緒のところで起請《きしょう》彫りを入れようとした男の名は、誰の名だったのだろうか、と思った。

「それにしても……」

あたしは、ちょっと憂鬱《ゆううつ》な気分になって、〈綿羊芝海老草紙〉を見つめた。

「あの時、あたしが、お花ちゃんにラシャメンの話なんかしなければ……」

「えっ、玉勇姐《ねえ》さんが、ラシャメンの話を？」

粂八は、びっくりしたように大きな目を丸くした。

「さて、どうだか」

オバケの殿さんは、静かに言った。

「たしかにラシャメンの話をしたのは、おまえかもしれないけれど、決めたのはお花だろう。断ることもできたはずだ」

たしかに理屈ではそうだけれど。

でも、あの時……お花ちゃんは、もはや断ることが容易でない雰囲気に追い込まれていたような気もする。

あの時、お花ちゃんは、何もかもが不運に思えて、そんな気持ちのゆがみが、目をくもらせて、本当の不運を招いてしまったのではないだろうか。

あるいは、お花ちゃんは、日本一の幸運を呼び寄せたと思っていたところを、呆《あっ》気《け》なく、昔の男に殺されてしまったのかもしれない。かつての情人が、自分を殺しに来たと知った瞬間、お花ちゃんは何を思っただろう。

殺し殺される瞬間、かつては情を交わした二人の間に言葉はあったのだろうか。

お花ちゃんは、こうして戯作者《げさくしゃ》の手によって、おもしろおかしく、そして哀感たっぷりに脚色されて、後世にその名を残すことになってしまった。

女が名を残すなんて、ロクなことありゃしないな、とあたしはなんだか舌打ちしたい気分になっている。

芸者も、浮き名を流したり、その名を広く知られた者に、あまり終わりの良い者は少なく、かえって平凡な者の方が、うまく身の納まりをつけて終わりを全うするという。

たしかにそういうものなのかもしれない。

悍《ふん》妾《ばり》

男は気まぐれだ。気が向くと、ふらっとやって来る。自分のことしか考えていないみたい。

女はみんな思い通りになると思っている。

それとも……惚《ほ》れた弱みとやらで、惚れすぎている方が負けてしまうのだろうか。

女の方が、たいがいは入れ込んでしまうものだから。

男に惚れられて強気になっている時も、気付けば、いつの間にか情に流されて自《ま》由《ま》にされている。

特に自我の強い男ほど、覇気のある男ほど、気分のおもむくままに、気のすむまで女を抱きたがるようだ。

そんな男はごめんだ、と思いながらも……そんな男ほど、どこか惹《ひ》かれるところがあって、つい深みにはまってしまう。

くやしいけれど……男たちは、気ままにあたしを食い散らかしていくような気がする時がある。

夜来の雪はやんだようだ。

それでもこの数日降り続けた雪は、こんもりと白く積もっている。

その朝、急に立花屋の女将《おかみ》さんから連絡があって、村雨亭のお座敷にどうしても来て欲しいと言われた。

「鮫洲《さめず》のご隠居様が、お忍びのお出ましで……」

土佐藩前藩主、山内豊信《やまうちとよしげ》公は、例の安政の大獄で失脚し、養子に藩主の座を譲り山内容堂《ようどう》と号して、現在は隠居の身で、謹慎生活を送っている。

昨年、井伊大老が桜田門外に斃《たお》れ、だいぶ謹慎の制約はゆるんだが、いまだ国元に帰ることはもとより表立っての外出も許されていない。

だが……この殿様は、そんなことでは、全くへこたれていないのだった。

鮫洲の屋敷を、〈酔擁美人楼〉と名付けて美女をはべらせ、毎日、酒ばかり飲んでいるらしい。

今日のような天気の日には、雪にまぎれて、こっそり芸者遊びをしにやって来る。

しかも、御高祖頭巾《おこそずきん》で顔を隠して、女装して来るというのだから、念が入っていた。

容堂公は、体が大きくて、少しあばたがあるが、なかなかの美丈夫だった。〈鯨海酔公《げいかいすいこう》〉と自称しているだけあって、スイスイ飲むだけでなく、飲むほどに早口になり、乱暴になる。

時々、何を言っているのかわからなかった。

酔ってろれつがまわらないだけではない。なまりがひどいのである。

殿様にしては、珍しい。

藩主は、ふつう子供の頃から江戸屋敷に暮らしているから、遠国の大名でも、ちゃんと江戸言葉を話すし、気持ちだって江戸っ子みたいなものなのだが、このクジラの殿様は、どうも違うようだ。

若い身空で隠居となり、有り余っている活力を持てあまして、それを紛らわすために酒を飲み、自分でも酩酊《めいてい》して訳がわからなくなって、ますます苛立《いらだ》っているようにも見えた。

殿様は、フラフラと立ち上がると、突然、手にした扇を庭に放り投げた。

「……扇を取ってきいや」

控えていた用人が、あわてて庭へ降りようとすると、「雪を踏んじゃいかんぞ」と一喝するので、用人も困り果てたように立ちすくんでいる。

「どうじゃ、雪を踏まんと、あの扇を取ってきたもんにゃ、褒美をやろうぞ」

そう言って、あたしたちを眺め回す。

扇は、真っ白な雪に覆われた庭に、ぽつんと落ちている。

並み居る芸者たちは、困り果てたようにうつむいた。

こういう時は、じっと嵐の過ぎるのを待つしかない。

……が、それも癪《しゃく》なような気がした。

あたしは、立ち上がると、スルスル帯を解きながら庭の方へ出て、雪の上にパーッと帯を投げるように敷いた。

あとは、簡単だ。

トントンと帯の上を渡って、扇を拾い上げると座敷に戻り、うやうやしく容堂公に差し出した。

「……おまん、名はなんというぞね」

「玉勇でございます」

「うん、これで一差し舞いや」

扇を渡されたが、帯がなくてはなんともしまらない。

「帯なしの〈バタラゲ〉で……で、ございますか？」

ふいに口をついて土佐弁が出た。

咄嗟《とっさ》に言ってしまってから、あたし自身が驚いている。

実は昔……土佐の男となじんだことがあった。

ほんの短い間だったけれど……。

その男の国なまりが、なつかしく耳の奥に残り、時々よみがえってきて、あたしを困らせる。

たしか、バタラゲルとは、胸元のはだけたような、だらしのない、という意味だったように思う。

その男は、いつも周囲の者から「おんしは、帯解けひろげのバタラゲ男だ」などと言われているような……身なりに頓着《とんちゃく》のない男だった。

「ほう……」

クジラの殿様は上機嫌になったが、あたしはむっつりと、雪の中から帯を引き揚げている。

まったく……自分の酔狂が腹立たしい。一瞬の負けん気から、一本五十両もかけて京までわざわざ織りに出した塩瀬《しおぜ》の袱紗《ふくさ》帯を駄目にしてしまった。

「玉勇、ちんの帯を使うたらえいが」

「ちん？」

あたしは、思わず聞き返してしまった。

「ちん、いうは、朋輩《ほうばい》のことじゃ」

殿様は、顎《あご》でまわりの芸者たちを示した。

居並ぶ芸者衆は、互いにヒソヒソ耳打ちしている。

あたしは困り果てて、スタスタと容堂公の前に歩み寄った。

「では、御前の帯を拝借しとうございます」

女装してきたというからには、女物の帯を締めてきたはずだ。

容堂公は、ククク ッと口の中で笑っている。

「わしが帰りに締める帯がのうなる」

「では、お帰りにならなければよい」

容堂公は、赤い顔で、あたしを見つめる。

「……おまん、誰にものを言うちょる？」

あたしは、ふふん、と可愛らしく笑って、殿様の耳元で小声で囁《ささや》いた。

「御前は、〈紋ちらしのお玉〉をご存じありませぬか」

容堂公の顔色が変わった。

「おまんが……」

好奇心で輝いている。

大名たちの間で、ひそかに噂されている〈紋ちらしのお玉〉の名を、この酔狂な殿様が知らないはずがなかった。

「見せてみぃ」

あたしは、鷹揚《おうよう》に頭を振る。

「そう簡単には見せられませぬ。安くなります」

「ほんなら、伽《とぎ》をせえ」

容堂公は、単純明快に言い放った。

あたしも負けずに、明るく言い返した。

「……今宵は、あてが御前をぬくめちゃろう」

弾《はじ》けたように容堂公は笑った。

なぜ、こんなにスラスラと、昔なじんだ言葉が出てくるのだろう。あたしは、ちょっとせつなくなって……仕方なく、殿様と一緒に笑った。


クジラの殿様は、興味津々であたしの体を探っている。

「こりゃ、伊勢《いせ》殿の……。こりゃ……越前殿か！」

松平春嶽《まつだいらしゅんがく》公に先を越されていたのか、とくやしがりながら、容堂公は、手際よく、あたしの着物をはぎ取っていく。

好色であるということは、名君であるための大事な心得なのだろう。

「どういて、こんな、あやかしげなことを……」

「さぁ……」

あたしは、なんだか感傷的になっている。

理由などあるようでなかった。

男に去られて、もう待つのはいやだと思ったのが、きっかけだったかもしれない。

「どういた？　ぼっかりおとなしゅうなって」

殿様は、ちょっと、あたしの機嫌を取るような言い方をした。

あたしはゆっくり首をふる。そうだ、この国なまり……。突き上げるような懐かしさだった。

昔の男を思い出している。

さっきからずっと……なぜか、心のタガがはずれたように、無謀なことをしたくなったのは、この国なまりに心がざわついたせいかもしれない。

「御前は、お国なまりがございますね」

「そうよ、まさか藩主になろうちゃ、夢にも思わざった」

あっけらかんとしている。

御年三十五歳の殿様は、山内家の分家筋の当主として、一生、土佐の田舎で飼い殺しにされるはずだった。

ところが、二十二歳の時、十三代・十四代藩主が相次いで亡くなった。十二代藩主は隠居の身で矍鑠《かくしゃく》としていたが、直系の男児は、当時三歳の幼児しかいなくなってしまったのである。

急遽《きゅうきょ》、分家の冷や飯食いの殿様は、十五代藩主になって、はじめて江戸の地を踏んだ。

「なに、わしは中継ぎの殿さんじゃ」

てらいもなく豪快に言う。

「南の国の方は……何か違います。体が熱いような……」

あたしは、そっと殿様の胸に頬を寄せる。

「土佐は、陽の強さがちごうちゅう。海の荒さがちごうちゅう……けんど、これからは蒸気船の時代じゃ。荒波を怖《お》じんと海を行きよったら、今までじゃったら南の果ての土佐も、江戸へはひとっ飛びじゃ」

「ええ……」

頷《うなず》きながら、内心あたしには、鮮やかな驚きがあった。

あの男も、たしか同じことを言っていた。

「もうまぁ船で行き来するようになったら、土佐は江戸まで一直線じゃ。ほいたら、いっつも来ちゃれる」

あたしは、そう言っていた男の話を、いつも途方もないホラ話と思って聞いていたのだ。

そういえば、あの男は、この殿様の命で癸丑《きちゅう》の黒船騒ぎの時、湾岸警備にもあったと言っていたように思う。

砲術の稽古《けいこ》は洋学に結びつき、いつの間にか蒸気船の操船術を学ぶことにつながり……やがては、海の向こうの世界へと、男は視野を広げていったのだろう。

「土佐はこれから船をこじゃんと買い入れちゃる。船乗りも育てちゃる……まぁ見ちょき」

容堂公は、自信満々の様子でうそぶいている。

もしかしたら、あの人が言っていたことも、単なるホラ話ではなかったのかもしれない。

その言葉のなまりも、荒々しく女を抱く様子も、なぜか目の前にいる貴人は、粗野で茫洋《ぼうよう》としていたかつての男をしきりに思い出させるのだった。

容堂公は、なすことを終えると、すさまじいイビキをかきながら爆睡しはじめた。

それでも、その腕はあたしの首の下に差し入れられ、もう片方の腕は、あたしの腰の上に乗っている。何度目かの行為の途中で、眠り込んでしまったのだった。あたしを人形のように抱きしめ寝ている人のイビキを聞きながら、まんじりともせずに、昔の男のことばかりを思い出していた。

たぶん、この殿様に会って……心に蓋《ふた》をしていた部分が、こじ開けられてしまったのだろう。あの人も、こんなふうに、大きな体ですっぽり包み込むようにあたしを抱きながら眠った。

抱かれて眠るのは、妙な安心感があっていいものだ。あの男と別れて以来、あたしは男と寝ることはあっても、男と一緒に眠るという習慣がなくなった。

そういえば、あの男は、なぜか料理茶屋から帰るとき、決まって門柱のところに小便をした。

「いんげの、こんど来るときの目印じゃ」

それがまた、悠々と自分の一物《いちもつ》を出して、ゆるゆると放っている様子がいかにも心地よさそうに見えて、この大男の稚気を、周囲の男たちも、とがめ立てしようとはしなかった。

思えば不思議な男だった。

あの蓬髪《ほうはつ》の大男に惹《ひ》かれたのは、何がきっかけだったろう。

たしか最初の座敷では、宴会もそっちのけで、二つ折りの屛風《びょうぶ》に、広重《ひろしげ》の名所や、国貞《くにさだ》の美人画と一緒に貼り交ぜになっているつまらない春画を、妙に感心して見入っていた。あたしは、その様子に、すっかり呆《あき》れてしまったのだった。

呆れもしたけれど、その無邪気な、好奇心丸出しの様子に惹かれもした。

「おまんも、こういう絵を好いちゅうがか」

というので、「あの目つきの鋭いお連れ様に、なんだか睨《にら》まれているような気がして逃げてきたの」と、その時あたしは正直に答えた。

「アギか？」

「アギ？」

「あいつぁ、ほれ、アゴが長いろう？」

あたしはちょっと笑った。

江戸では長い顔は、いい男の必須《ひっす》条件だけれど、田舎では〈アギ〉などという渾名《あだな》がついてしまうものらしい。

男は、あたしの笑っている意味には気付かずに、無邪気な笑い声をたてている。

座を取り仕切る男は、墨絵で描いたような美男子だったが、ピリピリと研ぎ澄まされたような雰囲気が、あたしはちょっと苦手だった。

「えいこと教えちゃる。あんなえばった恐《おと》ろしげな男も、布団の中で、おなごを抱く時は、存外甘ったれちゅう声を出いたりするもんじゃ。『もうちょびっと口を吸わせてくれんかのう？』ねだりゆう……」

あたしは思わず吹き出してしまった。

男もうれしそうに笑っている。

「おまんは、どがな面をするじゃろうねぇ」

男は、話のついでにからかっただけだったろう。

あたしは、つい、そんなことを言ってしまっていた。

「……見てみたい？」

男は、一瞬びっくりしたような顔になって、そして、うれしそうに顔いっぱいで笑った。

あの時は、軽い気持ちだった。

そんな深みにはまるとは思わなかった……。

男は、あたしと一晩をともにした翌日の晩、またひょっこりやって来て、あたしを抱いた。

そして、そのまた翌日も。

抱かれるほどに、夜を重ねるごとに、よくなってゆく。

「ゆくさも……」

と、男は言った。

「ゆくさ？」

「ゆくさ、ゆくさ……どう言ぅじゃろねぇ？　戦いのことじゃ」

「ああ、いくさね？」

「そうそう、ゆくさじゃち、初陣で手柄をしたら、あとは逃げでもかまわんじゃろう」

男は、何日か通い詰めて、腕枕をしながらそんなことを言った。

「わしのふといがぁで、おまんをひせくるばぁ、らりくちゃにしちゃろ」

何を言っているのか、あたしはよくわからなかったけれど、それでも男は、女を喜ばせるのが、無邪気に楽しいらしい。

それが、せつないくらい、いとおしく思われた。

突然、「うーん」と大きく唸《うな》ると、ふっとイビキが途切れて、クジラの殿様はモゾモゾとあたしの足に自分の足をからめてくる。

女が抱かれて安心して眠るように、男も何かを抱きしめて眠ると心が落ち着くものだと聞いたことがある。

もっとも男の方は、掛け布団を抱えて寝るのと同じようなもので、抱くのは必ずしも女でなくてもいいらしい。

しんしんと冷気が首筋から入ってくる。

もしかしたら、外はまた雪が降り出したのかもしれなかった。


多緒が行方知れずになってしまった。

気まぐれな女だから、ふらっとどこかに遊びに行ったのか……そのうち戻ってくるだろうと、タカをくくっていたあたしも、十日たっても帰ってこないので、さすがに心配になってきた。

それにしても、その家の中が異様だった。

散らかりまくっている。まるで物盗りにでも押し入られたのかと思われるような惨状である。

何者かに侵入されて、むりやり連れ去られたんじゃないだろうか……。

あたしは、何度も多緒の家を訪ね、その散らかった部屋に呆然《ぼうぜん》としながら、無為に時間を過ごした。

ある日……あたしが、その雑然とした部屋でぼんやりしていると、突然、外から声がして、見知らぬ男が顔を出した。

「……多緒、いるのか？」

「えっ？」

あたしが驚いて振り返ると、男の方もびっくりしたような顔をして逃げるように消えてしまった。

なんだろう、あいつ。

堅気の男には見えなかった。それにしても、この散らかりようはひどい。あたしは改めて部屋の中を眺め回した。……なんかへんだ。

物持ちのよい多緒は、なんでも大事にしまい込む癖があって、あたしのやった使い古しの呉絽《ごろ》の帯や、錦紗《きんしゃ》の長襦袢《ながじゅばん》など、大事にしまい込んでいたはずなのに、それらが無造作に部屋中に取り散らかっている。

物盗りならば、まず高価な呉絽の帯くらいは持って行ってもよさそうなのに……どうも妙なのだった。

世の中が物騒なのも、不思議なことに毎日のこととなると、どこかが麻痺《まひ》して慣れてしまうもののようだ。

その晩、船宿からの帰りの夜道を、あたしはひとり急いでいた。

この一月《ひとつき》の間は、寒稽古《かんげいこ》があるので、ドーカンさんは、なかなか夜は出てこられない。

その日は、お銭さんも風邪気味だったので、あたしは珍しく一人だった。

夜道といっても、同じ町内のそことこの距離ではあるし、あたしはとにかく寒いので、ズンズン歩いていた。

ひたひたと近づく足音に気付いてはいたけれど、あたしは気にもとめなかった。

寒くて、ふいにクシャミをした瞬間、足音が近づいてきたような気がした。

思わず振り返ると、後ろを付いてきていた男が、いきなり刀を抜いて、あたしに斬りつけてくる。

「えっ！」

あたしは無我夢中で、抱えていた三味線の包みで避けようとした。

ガツッと音がして、三味線がバラバラに飛び散る。

声も出なかった。

……殺される。

そう思ってしゃがみ込んだ瞬間、火花が散ったように見えた。

駆け寄って来た侍が、凄《すさ》まじい勢いで、あたしに斬りつけた男を斬りたてている。

「ギャッ」と叫んで腕を斬られた男は、一目散に逃げていった。

「辻《つじ》斬りか……」

助けてくれた侍は、落ち着いた様子で、懐紙で刀の血をぬぐった。

あたしは、腰が抜けてしまっている。

「……立てるか？」

あたしは、うなずいてみせたけれど、まったく力が入らなかった。

どうにか起き上がろうと、みっともないけれど、まず地面に四つん這《ば》いになってみた。

その時、ふっと肩を抱かれた。

「あ……」

男は中肉中背だが、鋼のような腕だった。

あたしは、抱きかかえられるようにして、少し先の蕎麦屋《そばや》の屋台の脇にあった台に腰掛けさせられた。

「玉勇さん、大丈夫かえ！」

顔見知りの蕎麦屋の親爺《おやじ》がびっくりして、温かい湯の入った茶碗《ちゃわん》を差し出してくれた。

あたしは思わずはだけた胸元をかきあわせた。

「うむ。この頃、辻斬りが出没するとは聞いていたが……」

侍は、出された酒を一気に飲んだ。髷《まげ》の結い方が、〈講武所風〉と呼ばれる独特な形だった。

「講武所の方でいらっしゃいますか？」

「ああ」

笑った顔が、おっとりと上品だった。

講武所は、旗本御家人の子弟に武芸を教授する場である。

「送って行こうか」

「いえ……」

雪が舞いはじめている。

気付くと、空から降ってくる白い塊《かたまり》は、どんどん大きくなってゆくようだ。

「姐《あね》さん、送ってもらいなせぇ。ほら、傘を貸して進ぜやしょう。たまには、相合い傘をおやんなさい」

蕎麦屋の親爺に勧められるままに、「じゃ借りるよ」とあたしは、講武所の侍と傘に入り、家まで送ってもらった。

「玉勇というのか」

「えっ？　なぜ、あたしの名を？」

「さっき、蕎麦屋の親爺が、そう呼んでいた」

「ああ。ええ……柳橋の紅屋玉勇と申します」

「歩き方が……踊りで鍛えているからか、裾《すそ》さばきが美しいな」

「まぁ、そうでしょうか」

武芸者もまた、歩き方に無駄がない。どこか鍛え上げた者同士、体で何かを覚えた者同士、共通する感覚があるのかもしれない。

男は、そのまま帰って行こうとする。

「あの……」

あたしが礼を言おうとするのを遮って、男は照れくさそうに笑った。

「また、いずれ……」

去ってゆく男の傘に、白い雪が積もってゆく。

男の羽織の紋は、四角が四つ並んだ〈隅立て四つ目〉だった。

男は笑うと両頬にえくぼができて可愛い顔になったことを、その背を見送りながら、ふいに、あたしは思い出していた。

この冬は、安政大地震から数えて七回忌の法要の年にあたるというので、この頃は、あちこちで施餓鬼《せがき》法要が営まれている。

あの地震以来、人心が妄《みだ》りがましくなったように思える。

あたしの妹は、大地震で死んだ。もう七回忌……月日の流れるのは、本当に早い。

三《み》ノ輪《わ》の浄閑寺《じょうかんじ》での法要の帰り、ポンと後ろから肩を叩《たた》かれた。

「お玉ちゃん！」

多緒がニコニコして立っている。

「タオちゃん！　もう、どうしたんだよぅ。かどわかしにでもあったんじゃないかと心配したよ」

「やだなぁ、いい年増が、かどわかされるわけないじゃないの」

多緒は、人の気も知らないで、無邪気に笑い転げている。

「なんかさ……家の中、片付けはじめたら、収拾がつかなくなっちゃって……」

「タオちゃん……そんなことくらいで、家あけて、どうすンの？」

あたしは、なんだか怒りがこみ上げてきた。

「だって……こないだ、いきなり亭主が尋ねてきて……」

「亭主？　タオちゃん、亭主なんかいたの」

「うん……別れたけど。っていうか、逃げてきたんだ」

「あっ、あいつ？」

あたしはすぐにピンときた。

「やっと逃げたのに、あいつったら、どこで嗅《か》ぎつけたのか、突然やってきてさ……どうしよう、って、あたいも柄にもなく煮詰まっちゃって。まずは、とにかく逃げなきゃ、って、家にあるもの引っ張り出したんだけど……」

「なんか家の中、すごいことになってたけど」

「そうなんだよ、真夜中にあっちこっちから引っ張り出したら足の踏み場もなくなっちゃって……布団も敷けないし、もう、なんかいやになっちゃってさぁ」

「いやになっちゃって……って」

「……ぐちゃぐちゃの部屋にぽつんといたら、急に死にたいくらい寂しくなっちゃったんだもん」

そう言う多緒の顔は、せつないくらい真剣だった。

たしかに、あたしも散らかった部屋に帰ると、孤独をひしひし感じることがある。

「それで、これじゃだめだと思って大家に『ちょっと旅に出てくる』って、店賃《たなちん》だけ置いて、そのまま放っぽって、出て来ちゃったわけ」

「それで、旅に出てたの？」

「ううん、神楽坂《かぐらざか》の彫宇之《ほりうの》の旦那《だんな》のところで、みっちり腕を磨いてた。人がいるところにいたかったのよ」

「タオちゃん……」

あたしはやれやれと多緒を見つめた。多緒は繊細で、もろそうなのに、芯《しん》は案外しっかりしているのだ。

「今日は、千住《せんじゅ》にちょっとお使いに行っていてさ……」

「タオちゃん、あの部屋どうするの？」

「片付けるのいやだなぁ」

多緒は子供みたいにぼやいている。

「しょうがないなぁ、手伝ってあげるから、帰っておいでよ」

多緒は、神妙な顔をして、しばらく考えてから「……うん」と、小声で頷《うなず》いた。

「お玉ちゃん、葬式か何かあったの？」

多緒は、あたしの扮装《なり》を見て、呑気《のんき》に聞いてくるので、思わず苦笑してしまった。

そうだ、多緒は、どこか死んだ妹に似ているのかもしれない。

遠い日の家族の光景を、あたしは一瞬思い出しそうになった。


数日後、あたしは帯を持って、質屋を訪れていた。

結局、クジラの殿様はあの日、自分の締めてきた女物の帯をあたしに下さった。

それが、あまりに趣味が悪いので、質屋に入れてしまうことにしたのである。

先客があった。

「オバケの殿さん？」

オバケの殿さんは、絽《ろ》の萌葱《もえぎ》の蚊帳《かや》を持ち込んでいた。

「なに、ちょっと入り用があって」

澄ましているが、あたしはもうちゃんと噂を耳にしている。オバケの殿さんは、この頃連日のように柳橋で馬鹿みたいに贅沢《ぜいたく》な遊びをしているらしい。

持ち込んだのはただの蚊帳ではなかった。公方《くぼう》様からの拝領の蚊帳であるという。たしかに天井廻《まわ》りは鴇色錦《ときいろにしき》で、裾《すそ》は緋縮緬《ひぢりめん》だった。

「まったくいただきものも、良し悪しで」

あたしも苦笑して、持参した緞子《どんす》の帯の包みをほどいた。

「おまえの方は、次に会うとき、必要になるのではないか？」

「……もう、会いませんよ」

そういう相手ではなかった。

過去はなるべく軽くしておいた方がいい。

それから、あたしはブラブラと、多緒の家に向かっていた。この間、ばったり会ってから、多緒はまた浅草の家に戻ってきている。

月にいっぺん……月のものがはじまった最初の日は、なんだか体がだるいので、あたしは座敷を全部断ってしまう。それで、多緒のところに刺青《ほりもの》を入れに行ったりする。

晴れた冬の日は、くっきり富士が見えて、すがすがしい。

……あたしは、ひとり。

ふっと雪化粧の富士を眺めていると、そんな思いにとらわれる。

あの土佐の男がいなくなってから、あたしは一人でいることの寂しさをしみじみ覚えるようになった気がする。

昔、馴染《なじ》んだ土佐の男は、それからも気が向くと、ポツリポツリと通ってくるようになり、あたしも、ついついのめり込んで、気持ちはどんどん後戻りできなくなっていった。

ところがしばらくすると、男は忙しいと言い訳して、だんだん気まぐれにしかやって来なくなったのだった。

「この次は、いつ会えるの」

という常套句《じょうとうく》が、通じなかった。

「来れるときに来るきに」としか答えない。

そして、ある日、ぱったりと、男は姿を消した。

要するに、逃げられたのだ。

そんな思いがした。

気がつけば、あたしは、ひとりポツンと取り残されていた。

あの時、あたしはいくつだったろう。たしか十九。今にして思えば……あれは厄年だった。

あたしはまだ、刺青で肌を汚していなかったし、〈陰〉の仕事にも染まっていなかった。

いわゆるごく普通の芸者だった。

去られてみて、あたしは男のことを何も知らなかったことに気付いた。

土佐から砲術と剣術修行に江戸に出て来た男。

北辰《ほくしん》一刀流の道場にも顔を出していたらしいということは、のちにドーカンさんから聞いた。修行期間を終えて、土佐の国元に帰ったらしい。

その道場主の娘と出来ていた、という噂もあったという。

そんな話を聞かされても、あたしは、まだ心のどこかで待っていた。

自分から別れるのは、つらいけれど思い切りもつく。それが、ぷつんと切れてしまったせいか、あたしは、いつまでも未練を断ち切れなくなってしまっていたのだろう。

「〈丸に三つ柏《がしわ》〉って、これでいいの？」

多緒は、紋帳を広げて見せる。

「ううん、もっと柏の葉が細いの」

「えっ、もしかしたら、この〈丸に土佐柏〉ってやつ?」

多緒の家の中は、相変わらずグチャグチャで、この様子では、客もほとんど来なくなってしまっているようだった。

あたしは、着物も脱がずに、ぼんやり軒下の小さく溶けた雪ウサギを眺めている。

「これって、土州《どしゅう》様の紋じゃないの」

「うん……」

「どうしたの、お玉ちゃん、ぼんやりして。早く脱ぎなよ。寒い?」

横になるどころか、足の踏み場もない部屋なのに、慣れとは恐ろしいもので、この頃では多緒は物の重なる上に平気で布団を敷いて寝ているらしい。

「なんかね……昔の男のこと思い出してた」

「おやおや、珍しいこった」

多緒は、火鉢を寄せてくれる。

一度呼び覚ましてしまった思い出は、心のどこかにまとわりついて、なかなか離れていこうとしない。

「昔、男と約束したの」

川開きの夜……花火を一緒に見よう、と。

その晩は、座敷も約束も全部断って、あたしは待っていたのに、男は来なかった。

遠く、花火を打ち上げる音だけが聞こえていた。

考えてみれば……男としみじみ語り合った記憶がなかった。

それは、とりもなおさず、男が、あたしの人生に踏み込みたくない、ってことだったのかもしれない。

あたしは、のろのろと帯を解く。

男はいつも、自分の欲求が満たされると、もう次のことを考えていた。あたしのことじゃない何かを……。先のことばかりを考えている人だった。

だけど、その将来の展望の中に、あたしの存在は、どこにも見えなかった。それがわかっていたから、会いたいのに……会えば、いつもつらかったのだと思う。

あの花火の夜。

男はすでに江戸にいなかった。そのことを知ったのは、後のことだ。

まだ純情だったあたしは、男を待ちながら花火の音を聞いていた。どーん、どーん、という音だけが、約束をした人への思いを……というより、約束を守ってくれなかった人へのやりきれない思いを募らせた。

「……ちくしょう」

あたしはなんで泣いているのだろう、と思いながら、一人泣いた。

あんな不実な男のために。

くやしかったのは、あたしがこんなに本気になっている、っていうことすら、男は知らないということだった。

もう、あんなふうに一人の男を待つことはしない。たぶん、あたしが、今のあたしになったのは、あの時……。

あたしは長襦袢《ながじゅばん》ひとつになって、下につけている腰巻きもはずす。

少しずつ増えてゆく刺青は、あたしの、もう戻れない、という覚悟なのだろう。

多緒は、鼻を啜《すす》りながら一心に墨をすっている。

刺青の墨は、安いものの方がいい色が出るという。

多緒の首から肩にかけては、まるで冬の富士のような無垢《むく》な白さだった。

「お玉ちゃん、今度はどこに入れるの？」

「そうだなぁ……感じるところがいいネ」

「もうお玉ちゃん、なんでそんなこと思いつくんだろ」

あたしは、笑ってからかうように、「こんなふうにさ」と、多緒の無造作に下ろしている髪を片側に寄せて、首筋のあたりに唇をあて、ゆっくりと、それでいて強く吸う。

「お玉ちゃん、やめてぇ」

多緒は恥ずかしがって身をよじる。

「……ほら」

あたしは手鏡に映してみせる。

多緒の首筋に、あたしの強く吸った赤い跡がくっきりついていた。

「あーん、なに、これ……」

「赤くてかわいい。もっとつけてやろうか？」

「やめてよ」と、多緒は、子供のように慌てて胸元をかき合わせた。

それでも、真面目な顔をして、もう一度まじまじと手鏡に映して眺めたりしている。

あたしは、そんな多緒のウブなところが、なんだかうらやましい。

「……男に吸われた跡が好きなの」

あたしは、ポツリと本音を吐いた。

いつも男にねだった。

男と別れても、体には跡が残るから。それが、いとおしかった。

「ずっと消えなければいいのに……」

強く強く、と言っても、男のつけた跡はやがては消えてしまう。

そのかわりに刺青《ほりもの》を入れたくなったのかもしれない。決して消えない跡を……。

こうして今度は、あの男の仕える殿様の紋が、あたしの体に刻まれてゆく。

あの男を思い出しながら、もしかしたら、あたしはなんだか仕返ししているような気持ちになっていたのかもしれなかった。

だけど、結局は、いまだに忘れられない、という事実に気付かされただけだ。

まだあたしは、あの男の紋を入れていない。

……〈組み合い角《かく》に桔梗《ききょう》〉。

忘れられない男がいる。忘れられない自分がいやだった。

でも……そんな男がいたことを、いつか懐かしく思う日が来るかもしれない。

それはたとえ、あたしだけの思い過ごしだとしても。

それは、あたしだけの忘れられない恋。


このところ雨続きで、柳橋界隈《かいわい》も閑散としている。やはり雨が続くと客足は遠のくようだ。

お座敷が引けて、帰ろうとしたところに、お帳場口から声がかかった。どうしてもちょっと顔を出して欲しいというので、店から立花屋に連絡してもらい、あたしはそのまま、奥の小座敷に上がった。

「ご免なさい」と声をかけて座敷に入ると、すでに部屋の中には、白々とした空気が流れている。

窓際で、プイと拗《す》ねたように外を眺めているのは、芸者のお蝶《ちょう》さんだった。

オバケの殿さんは、無言でグイグイ盃《さかずき》を重ねている。

やれやれ……と、あたしはわざと大きなため息をついてみせた。

「呼ばれたのは喧嘩《けんか》の仲裁でしたかね」

「玉勇姐《ねえ》さん、ご足労すみません。あとはよろしくお願いします」

プリプリと立ち上がろうとするお蝶さんを、まぁまぁと引き留める。

「御前に久しぶりに呼んでもらって来てみたら、今日は時間がないので帰るとおっしゃるんですもの」

もう、お蝶さんは涙目になっている。

要するに、はじめは「帰る、帰さない」で、いさかいになり、ふて腐れたお蝶さんが、「じゃあ帰れ帰れ」と芸者らしい啖呵《たんか》を切って、今度は「なら帰らぬ」と、オバケの殿さんも意地になったものらしい。

あたしは、急におかしくなって笑い出してしまった。

遊び慣れたオバケの殿さんみたいな男でも、やっぱり男女の仲は、ゴタゴタすることもあるらしい。

お蝶さんは、手持ちぶさたに小唄《こうた》を爪弾《つまび》いて低く唄いはじめた。

オバケの殿さんは、この頃毎日のように柳橋に入り浸っている。だが、いつも傍に置くのは、お蝶さんではなくて、半玉《おしゃく》の粂八だった。

芸者衆と総出で向島《むこうじま》の秋葉権現へ詣《もう》で、料理屋の二階を貸し切って、打ち騒ぐというような豪奢《ごうしゃ》な遊びを続けて疲れると、時にはこんなふうに静かな席で、年増の姐さんを呼んで、他愛もない世間話をしながら酒を飲んで帰って行く。

「何が楽しくて、こんな贅沢《ぜいたく》な遊びをなさるのか」

あたしが思わず意見したくなるほど、この頃のオバケの殿さんの遊び方は尋常ではなかった。

「なぜだろうな……百両使って、百両だけ日頃の苦労を忘れたら、遊びの主意はたつというか……モトは取れたというものだろう」

結局は、女も半玉の何も知らないうちが一番だ、などと、およそ粋《いき》な殿さんとは思えないようなことをこの頃では言っている。お蝶さんも怒るわけだ。

「半玉は、面白味少なし……芸者は、趣《おもむき》多し、と申しますのに」

あたしはそんなことを言って抗議してみたけれど、軽く鼻先でいなされてしまった。

お蝶さんは、聞こえないふりをして低く唄っている。

「こんな時代に、儒学など公方《くぼう》様に進講して何の用をなすのかと思うと、どうもむなしくてならん」

「殿さんも、たまには真面目に天下国家を憂えることもあるのですね」

と、あたしが言うと、「なに言っていやがる」と殿さんは鼻白んでいる。

どうも、それだけではないような気が、あたしにはするのだった。

「さてと……」

オバケの殿さんは立ち上がろうとするので、あたしは慌てて押しとどめようとしたが、もう心はここにないようで、殿さんは無言で帰って行こうとする。

男は、一度帰ろうとしたら、いくら引き留めてもだめなことは、お蝶さんも、あたしも、よくわかっていた。

「……帰ればいいんだ」

唄うのをやめて、ぽつりと呟《つぶや》くお蝶さんの横顔が、ぞっとするほどきれいだった。

若い女にはかなわない、と理屈抜きに思い知らされるときがある。

芸がある、智恵がある、などといくら理屈を並べてみても、一瞬、若い女のつるんとした肌を前にすると、そんな矜恃《きょうじ》は、ぐずぐずと崩れてどこかにかき消えてしまう。

「あたし、もう疲れた。恋なんかしなくてもいい。落ち着きたいの。もう、こんなの、たくさん」

三味線の手を止めると、お蝶さんは呟いた。

帰り支度をしていたオバケの殿さんは、ふっと振り返った。

「勝手にすればいい」

「好きにしますとも。今までだって、好きにすればいいって、ものわかりのいい顔して下さってたけど……勝手にあたしが自分で自分を束縛するようになっちゃって。御前が来るかもしれないと思えば、約束も断って、口がかかるのをずっと待っていたりして……もうそういうのに疲れちゃったんですよ」

「そんな一人相撲の尻《しり》を持ってこられても……」

「ええ、あたしが勝手に待ちくたびれてキリキリしていただけ。御前に、というより、そんな自分自身に、もう愛想が尽きたんです」

殿さんは、そんなお蝶さんの悋気《りんき》を聞きたくないのだろう、そそくさと廊下を去っていこうとする。

「どうせ惚れ過ぎている方が負けちゃうんだ」

お蝶さんはシンと唇を嚙《か》みしめている。

男が去っていった後、女がどんな思いで取り残されるのか、男は考えてみたこともないのだろう。

……あの、孤独感。

「玉勇さん、見送りに行ってやって」

「……今、行ったら、あたし、きっと殿さんのこと殴りつけたくなっちゃうよ」

あたしがそう言うと、突然、お蝶さんは声を殺すようにしくしくと泣きはじめた。

あたしは、そっとその背中を撫《な》でて、それから部屋を出た。泣く時は、一人の方がいいだろう。

それからあたしは門口まで行って、帰ろうとするオバケの殿さんに、精一杯の皮肉を込めて「お近いうちに」と言ってやった。

「お玉……おまえは、いったいどっちの味方なんだ？」

「もし、ここで、あたしが殿さんのお味方をしたら……殿さんだって、あたしのこと、信用のおけない奴だとお思いになるんじゃありませんか？」

そう言うと、殿さんは小さく笑ったようだった。

自分でも、よくわかっているのだろう。本当は、まだまだお蝶さんに未練たっぷりで、ただ甘えているだけなのだ。

疲れて気持ちにゆとりがなくなっている時、女にヤイヤイ言われると、つい邪険に突っぱねたくなるものらしい。

その後ろ姿を見送りながら、ふと、オバケの殿さんは、大金を散じなくてはならないほど、御城でのお勤めに疲れているのかもしれない、ということに、あたしはやっと気付いたのだった。

その翌日、柳橋の南にある〈亀清《かめせい》〉の座敷に出ると、思いもかけないことに、数日前あたしを助けてくれた講武所の男が、客の一人として来ていた。

その日の客は、会津《あいづ》藩の江戸留守居役、手代木直右衛門《てしろぎすぐえもん》様だった。

亀清は、柳橋では一番格式のある料理茶屋で、文人墨客の書画会や、各藩の御留守居役の集まりに利用されることが多い。

御留守居役には、どの藩でも新参者いじめがつきもので、芸者たちはみんな新参者に同情して助けるから、この手代木様も、昔の恩を忘れずに、いまだにあたしのことを贔屓《ひいき》にして下さっている常連さんなのである。

座敷に上がって、型通りの挨拶《あいさつ》をすませ、客の顔ぶれを見て、思わずあたしは「あっ」と、声を上げそうになった。

男も照れたように、えくぼを見せて笑っている。

「なんだ、知り合いなのか。それで、玉勇を呼んでくれと申したか」

あたしが、いきさつを話すと、手代木様は目を丸くして聞いている。年はまだ若いが、温厚で長者の風格があった。

「この者は、佐々木只三郎《ただざぶろう》と申して、私の実の弟だよ」

「えっ!」

あたしは仰天してしまった。

たしかにそういえば、雰囲気が似ている。

会津藩与力の子として生まれた二人は、兄は父の実家手代木家へ、弟は旗本の佐々木家へと、どちらも養子に出されたのだという。

「ああ、それで……」

あたしは男の紋を思い出した。

ふつう紋と苗字《みょうじ》は、ぴったりとは一致しないものだけれど、佐々木という名の人の紋だけは、ほとんどの場合、只三郎様の羽織についていた四つ目紋のような〈目《め》結紋《ゆいもん》〉と決まっている。

「只三郎は、講武所の剣術教授方を務めておるのだ」

「どうりで……」

強いわけだ、と、あたしは思わずため息をついてしまった。

その時、「玉勇さん……」と女中頭がそっと目で合図するので、あたしは座を外して、こっそり廊下に出た。

「あの、どうしても、っていう後口《あとくち》がかかっているんだけど……」

「今日は、ちょっと体の調子が悪くて……勘弁してもらえないかしら」

月のものの時は、やっぱりなるべく早く帰りたい。

「クジラの殿様なのよ。村雨亭らしいんだけど……」

あたしは無言で、もう一度首を振った。

クジラの殿様ならば、ますます月のものの時は、だめに決まっている。

座敷に戻ったあたしは、厠《かわや》に立った只三郎様の後について、再び廊下に出た。

「それにしても……」

二人きりになると、そっとあたしは、只三郎様にささやく。

「おやさしそうに見えて、お強いこと……」

「さて、あまり笑顔を見せぬ方がよいか」

そう言って、只三郎様は、また笑顔になった。

えくぼができるのを、気にしているらしい。

「今度……」

と、言いかけて、只三郎様は一瞬、ためらうようにうつむいた。

その時、女中がまた、「玉勇さん……」と声をかけてきた。

今度は土佐藩の用人らしきお武家様もくっついてきている。

只三郎様は間が悪くなったのだろう、仕方なさそうに厠の中に入って行った。

「玉勇さん……もう、土佐のご用人様が、さっきから床に頭をすりつけて懇願なさって」

「いや、玉勇殿、無理を申すが」

年老いた用人は、ほとんど土下座しそうな様子なので、あたしの方が困り果ててしまった。

よほど殿様に、うるさく言い含められて来たのだろう。

「……わかりました。それでは後ほど参ります」

「なるべく早うに頼みますぞ」

用人は、ホッと安堵《あんど》して戻ってゆく。

……また、引っ張られる。昔の男に。

そこに、厠から只三郎様が出て来たので、あたしは、あわてて手水《ちょうず》の水をくんだ。

「主《ぬし》は、うつむいた姿が美しいな」

「……面と向かうとだめ？」

「いや、そうではないが」

赤くなっている。この男は、あたしがうつむいている時しか、ジッと見つめられないのかもしれない。

「いるのだろう？」

「なに？」

「その……」

あたしは答えなかった。

「決まった人はいない」と答えるのは簡単なのに。でも、この心の空白は、誰にも埋められそうもなかった。

「どんな男だろう」

あたしは曖昧《あいまい》に笑う。

「でも、もし、その者に会ったら、斬りつけたくなるかもしれぬ」

まぁ、とあたしは目を見張る。

おそらく、これがこの男なりの、気持ちの伝え方なのだろう。

「……その男を斬って、あたしを連れて逃げて下さいますか？」

只三郎様は、ハッとしたようにあたしを見つめる。

できることならば、バッサリ斬ってしまってほしい。でも、男の姿は、もうどこにもないのだ。

「いつか、あたしの中の……昔の男の影を斬り捨てて」

あたしは小声で言って、小さく笑った。

あたしは、ずるい。

本当は、昔を忘れるための新しい刺激が欲しかっただけ。


只三郎様たちのお帰りを見送った後、早く早くと急《せ》かす土佐の用人に、あたしは支度をすると伝えて、帳場脇の小部屋に逃げ込んだ。

頼んでおいた白湯《さゆ》を女中が持ってくる。

「そこに置いておいて下さい」

あたしは、おもむろに火鉢から灰をひとつかみ懐紙に取ると、一気に口に入れた。

「……えっ」

女中はびっくりして、あたしを見つめている。

あたしは口の中の灰を白湯で流し込んだ。こうしておけば、ちょうど一刻だけ、月のものの出血が止まる。

……これがあたしの稼業。

あたしは自分に言い聞かせる。もうあたしは、昔のあたしじゃない。

残りの白湯をゆっくり飲み干すと、あたしは立ち上がった。

村雨亭はその日、土州様の貸し切りになっていた。あたしが入ってゆくと、座敷からは賑《にぎ》やかな音曲が聞こえてくる。

すでに座は乱れ、そう広くはない座敷で、上機嫌のクジラの殿様は、芸者衆と一緒になって、「まぁるくなれ、まぁるくなれ」と、何やら不思議な踊りを踊っていた。

「玉勇、ようよう来たか。おまんも踊れ、踊れ」

と容堂公が言うので、あたしは仕方なく、見よう見まねで、どうやら土佐の盆踊りらしい〈コリャセ踊り〉の踊りの輪に入って踊った。

こんな酔っぱらいの相手を、別に楽しいわけでもないのに、なぜ二度も……と、あたしは自分でも自分がよくわからなくなる。

「おまんの土佐言葉は、誰に習おうた？」

二人きりになると、容堂公はまずそのことを聞きたがった。

「情人《おっこち》が……」

「おいよ……土佐の男かよ」

「……アダタン男で」

容堂公は、声を出して笑った。

「アダタンか……」

アダタンとは、入りきらないとか、納まらない、という時に使う言葉だという。

「どがな男か会《お》うてみたい」

「さて、今はどこにいるのやら」

「別れたがか」

「行方知れず」

あたしは笑った。

「アダタン奴ですから、土佐の国にも納まりきれず、あちこち奔《はし》りまわっているのでしょう」

そういう男に一度でも巡り合わせたことは、女として幸せなのだろうか。あるいは、不幸せなのだろうか。

「どがな男じゃろうのぅ……」

容堂公は、そう言いながら、あたしを抱き寄せる。

「世の中は、動いちょる。これからは、そがいな男が役に立つろう」

あたしは何も知らない。

女の知らないところで、男たちは天下国家という鵺《ぬえ》のようなものを相手に奔走している。

世の中、どうなってしまうのだろう、と時々あたしは思う。男たちは妙に活気づいて躍動の時機を眈々《たんたん》と窺《うかが》っているようにもみえた。

男たちにとって、女は何なのだろう……と、あたしは思いながら抱かれている。

あたしは男たちとひとつになりながら、何も共有するものがなかった。


冬になると、火事が多くなる。

この頃は、新開地の横浜では、毎日のように火事があるという。江戸でも麻布などの異人の公使館や接待所の近くでは多発しているという噂だった。

寒くて早寝をしていたあたしは、ふっと夜更けに目をさますと耳をすました。

半鐘の音がする。火事だ。

飛び出してみると浅草の方角が赤く染まっている。

あたしは妙な胸騒ぎを覚えて、お銭さんに声をかけると浅草諏訪町《すわちょう》にある多緒の家へと走り出した。

多緒の家は火元に近いものの、幸い風向きは変わったようだ。

「大丈夫？」

家に飛び込むと、多緒は、散らかったままの部屋の中であたふた片付けものをしている。

「タオちゃん、今さら片付けたって……」

「そうだけどさ……」

ふだんは片付かないものが、こうした事態になると、サクサク片付いたりするものらしい。

と、その時「多緒、無事か！」と大袈裟《おおげさ》に飛び込んできたのは、この間の男だった。

「多緒、こんな時、女身ひとつじゃ心細いと思って、飛んできたんだぞ」

男は、よほどの勇み肌と見えて、この寒空に片肌脱いで走ってきたようだった。立派な刺青《ほりもの》をつけている。

「勘当息子も火事に一番に駆けつければ、勘当がほどける、っていうぜ」

「あんた、いつからあたいの息子になったのよ」

多緒は、しらっとしている。

「多緒、やせ我慢もたいがいにして、戻ってこい。わっちは怒っちゃいないし、なんとも思っていないんだ」

男は、なんだか威張りをつけながら、多緒を口説いている。

「別に戻りたくなんかないよ」

「無理すんな。女ひとりは寂しいだろう」

男は、口説いているつもりで、屈辱的なことを平気で言う。

「別に、さみしくなんかないよ。あんたに殴られるよりまし」

あたしは、ギョッとして男を見つめた。

「多緒……別に憎くておまえを殴ったわけじゃないんだ。おまえを一人前にしてやろうと思って……」

ふと、この男も刺青師だろうか、とあたしは気付いた。

「兄さん、刺青が稼業かい？」

「見りゃわかるだろ、こいつはわっちの弟子さ」

男は、刺青を入れた体をピシャピシャと叩《たた》いた。

「お玉ちゃん、たしかにこの人は、あたいが憎くて殴ったんじゃないかもしれないけど……あたいが自分の思い通りにならないと、すぐカッとして殴るんだもん」

多緒は、ピシャリと言い放った。

「養ってる女房を思い通りにして、何が悪い」

「だからもう養ってなんかもらわなくったっていいんだよ」

多緒は、負けていなかった。

あたしはちょっと痛快になって、多緒と元亭主の会話を聞いている。

「可愛げのない女になりやがって」

「そうさ、女ひとり針一本で、箸《はし》二本、おまんま食ってるんだ、可愛くなんか、そうそうできるか」

「なんだと、このフンバリ！」

カッとして飛びかかろうとする男に、多緒は果敢にも、あたりに取り散らかっていた箒《ほうき》を拾い上げて、ズンと突いて応戦した。

「きゃあ、誰かぁ！　狼藉者《ろうぜきもの》！」

あたしは声を限りに叫ぶ。

多緒も負けずにギャアギャア言いながら、箒を振り回している。

近所の人たちが、「どうした、どうした」とのぞき込む頃には、男はたまらずに退散していった。

「すみません、なんかヘンな男が押し入ってきまして……」

あたしは丁寧に近所の人たちを帰すと、戸を閉め、しっかりと心張り棒で押さえた。

「ああ、すっきりした」

あたしがほっと一息つくと、多緒は、シンと黙りこくっている。

涙がこぼれそうになっていた。

「……別に、可愛くなくったって、いいもん」

負けるもんか、と思っていても、可愛くない、というのは、なぜかチクリと突き刺さる一言だ。

「あいつ、フンバリだなんて言いやがって……ちくしょう」

フンバリというのは、すれっからしの強情女のことをいう。

たしかに多緒も、あたしも、世間から見れば、立派なフンバリだった。

と、突然、多緒は、ハックショーン！と、何もかも吹き飛ばすような大きなクシャミをして、ゴシゴシと顔をこすった。

「ああ、冷えてきたね。火事騒ぎの後は、妙に冷えるような気がするよ」

「ほんと、もう一寝入りしなくちゃ。じゃ、あたし帰る」

「お玉ちゃん……」

「ん？」

「このまま泊まっていきなよ」

多緒は、ちょっと子供みたいな心細げな顔になっている。

「寒いからさ」

「ああ、それもそうだね」

あたしが頷《うなず》くと、多緒は、うれしそうに火鉢を引き寄せて、酒の燗《かん》をつけてくれた。

「寒い季節は、〈色より可愛い抱き火鉢〉だねぇ……」

「一杯ずつ飲んで、ぐっすりやろう」

「うん……」

ホチホチと燃える火鉢で酒を温めていると、なんだか妙にしんみりした気持ちになってくる。

「うちは親がいつも罵《のの》りあって、居心地が悪くてね。早く家出るためには嫁に行くしかないと思ってて……そんな時、あの人がね、『おれが守ってやる』って言ってくれたのよ」

あたしは聞いていて、思わず吹き出してしまった。

「お玉ちゃん、笑うけど……あたいは、クラッと来ちゃったんだよぅ。まだ十五だったし」

「そんな歯の浮くようなこと、軽々しく口にできる男って、あぶなくない？」

「……あぶなかった」

多緒は、笑っている。

あたしたちは、お互い燗酒を酌み交わしながら、クスクスといつまでも笑いあった。

「なんかさぁ、なんであんな男が好きだったんだろ？　って思うことない？　お玉ちゃん」

「あるよ」

それはしょっちゅうある。でも、思い出すとくやしいから忘れることにしているだけだ。

「本当は、好きだったの」

「え、元ダンナのこと？」

「ううん……殴られて、自由にされるのが。下品で鈍感な男に組み敷かれると、なんか抗《あらが》えなくなるの」

「ああ……」

あたしは間抜けみたいな声を出した。

「自分のことが嫌いだったのかも。男に痛めつけられると、ざまぁみろ、って気分になって愉快だったの」

「自分のことを？」

「うん。自分がいやでいやで、こんなあたいなんか、もっとズタズタにやられちゃえばいいんだ、って思うんだよね、一瞬。痛いのより、そっちの気持ちが勝って、なんだかすーっとするの」

あたしには、よくわからない。痛いと気が散って、気持ちよくならないような気がするけれど。

「殴られて……でも、殴ったあと泣いて謝るんだよね、あいつ。それで、そのあと、ペロペロ舐《な》めるように優しくしてくれるの。それを惚《ほ》れられているんだと思ってた……」

誰もが触れられたくない闇を抱えている。

あたしは、ふとそう思った。

「でもね、この間、彫宇之さんのところに、フラッと一人で行ったでしょう？ なんか、こんなあたいでも……あたいの技倆《うで》でも、感心なところがある、とか、気が利いてる、って……すっごく大事にしてくれたんだよ」

多緒は、たしかにあの小さな家出から帰ってきて、どこか変わったような気がする。

「なんだろう？ 今まで、自分のこと、だめだと思ってて、そんなあたいを助けてくれる人を好きになってたけど……なんかね、今のあたいをそのまま好きだと思ってくれる人の方がいいな、って、急にわかったんだ」

「彫宇之さんのところで、誰かいい人と会ったんじゃないの？」

「えーっ」

多緒は、ちょっと意味深に笑った。

「あたいね、急に……ひとりでも生きていける、って思ったんだよ。さみしいけど、死ぬほどじゃないな、って。まぁ、男なんていなくったって、どうにか生きていけるよな、って」

ひとつひとつ自分で乗り越えてみなければわからないことが、世の中にはたくさんあるらしい。

「男って何なんだろうね」

あたしは、ぐっと茶碗酒《ちゃわんざけ》を流し込みながら、ぼんやりとそんなことを口にする。

ほんと、何だろうね、と多緒も手酌で飲みながら相槌《あいづち》を打つ。

二人で黙りこくって火にあたっていると、騒がしかった外もしだいに静まりかえり、方々の家々から、戸を閉める音が聞こえてきた。

密事《みそかごと》

この頃巷《ちまた》では、横浜の新開地の妓楼《ぎろう》で、メリケン国の異人の客に迫られ、いくら女郎とはいえ異国の男に身を任せるのはいやだと自害した喜遊《きゆう》という遊女の噂でもちきりになっている。

その話自体は、そう珍しくもないのだろうけれど、女が死ぬ前に遺書と辞世を書き残していて、それが評判になったのである。

露をだにいとふ倭《やまと》の女郎花《おみなえし》

ふるあめりかに袖《そで》はぬらさじ

〈ふるあめ〉は、〈降る雨〉と〈振るアメリカ〉の掛詞になっており、露のようにはかない妓楼の遊女でさえ、異人を突っぱねたその心意気に、世間の人々は感じ入った。

喜遊は遊女にしてはよほど歌の素養のあった娘らしい。それもそのはず医者のお嬢様が、生活に困って身を売ったのだという。世の中、同じような身の上の人がいるものだ。

あたしなら、たぶん死なないと思う。

死んで、こんなふうに美談として、人の口に膾炙《かいしゃ》されるのがいやだ。

あたしは、世の中を動かすような男たちと肌を接していながら、男たちの本当の姿を知らない。

あるいは……本当の姿を知っていても、表の世間に通っている姿を知らない。男たちとかかわっても、それは通りすがりに袖を触れ合っただけのことなのかもしれない。

男たちは、芸者のあたしに本当のことを語ろうとはしない。

あたしはぼんやりと目の前を通り過ぎてゆく男たちを眺めているだけだ。

通り過ぎてゆく男の中には、突然、殺されてしまったり、何も語らずに死んでゆく者もいる。

この頃の男たちは、熱病に浮かされたように、国のために死ぬ、という美学に取り憑《つ》かれてしまっているようにも見える。

女は、天下国家にかかわることなんて、ほとんどないから、あたしにはどうもピンとこない。どうして天下国家を前にすると、そんなに命の重さが軽くなってしまうのだろう。

この頃、なんだかそんなことが釈然としなくて、気になって仕方がない。体に刻んだ紋が疼《うず》いて、あたしを突き動かそうとしているような気がする。

年の瀬も近くなってくると、町の様子もなんとなく浮かれたような、ざわついた雰囲気になる。

その晩は、野暮な客で、後口《あとくち》がかかっても放してくれず、やっと帰った時は、妙にくたびれてしまっていた。

「お玉ちゃん、座敷から帰って、着たなりでいると、後口がかからないよ」

あたしが帰ってすぐ火鉢のところで一服つけていると、お銭さんに、クルクルと帯を解かれて、すぐに普段着に着替えさせられてしまった。

「……こんばんは、玉勇さん」

と、立花屋から口掛けが来たので、「ほぅら来た」と、お銭さんはノシノシと門口にゆく。

あたしたちは、立花屋からほど近い柳橋同朋町に住んでいるから、連絡はもっぱらこんなふうに家の者が声を掛け合えば、それでこと足りてしまう。

柳橋の芸者は、そのほとんどがこの町内に住んでいて、売れている芸者は表通りに居を構え、売れなくなると裏通りに引っ込むと言われていた。

だから売れていることを誇示するためにも、どうしても表通りには紅屋玉勇の御神燈を軒先に点じておかなくてはならない。つまらない見栄のために、と舌打ちしたくなることもあるけれど、こうした見栄に支えられているからこそ、背筋も伸びてシャッキリするのかもしれなかった。

「〈丸竹〉さんから、お座敷」

「ありがとうございます、ただいま」

お銭さんは、あたしに聞かないうちに、もう返事をしてしまっている。

あたしは慌てて鏡の前で髪をなでつけた。

今、脱いだばかりなのに、また着替える。それならば、戻ってそのままでいればいいようなものなのだが、この世界では、そうしたズボラは嫌がられるのである。

一回一回、家に帰り、着替えて、切り火をして新しい気持ちで座敷をつとめる。

だから、一日に何度も着物を脱いだり着たりする。これも仕事のうちなのだ。

柳橋の〈丸竹〉という船宿は、ちょっと奥まったところにある小さな店で、ひっそり静かな遊びをするのに向いている。

「こんばんは、ありがとう」

と、まず帳場に声をかけて、「お座敷は?」と尋ねる。

「こんばんは、玉勇さん……お一人のお客さんだよ。お待ちかね」

客は奥の小部屋だという。馴染《なじ》みの客ではないらしい。

「こんばんは」

と、膝《ひざ》をついて声をかけ、座敷の中をのぞいたとたん、あたしはギョッとしてしまった。

「どうした？　幽霊でも見たような顔をして」

「……河野様」

堀織部正様のところで書生をしていた河野顕三様だった。

「達者だったか」

「はい。……河野様も」

そう言ってから、あたしは口をついて出そうになった言葉を慌てて飲み込んだ。

ヒュースケンを殺害したのは、本当に河野様だったのだろうか。

「木挽町の殿様が亡くなって……もう一年になるか」

「早いものでございますね」

河野様は、どこか雰囲気が変わったように見えた。少し痩《や》せたせいかもしれない。精悍《せいかん》になったようにも、何かをそぎ落としたようにも……あるいは、ヒヤッと冷たい感じにも見えた。

「織部様の遺書が残されていたことを知っているか」

あたしは、ハッとして河野様を見つめた。

河野様は、無言で一枚の書き付けをあたしの前に差し出した。

「これは……」

「織部様の遺書を写したものだ」

あたしは、ざっと文面を目で追った。

外国尹《がいこくいん》堀織部正、謹んで申す。

語に曰《いわ》く、鳥の将《まさ》に死なんとするや其《そ》の鳴くや哀しく、人の将に死せんとするやその言や善し、と。（略）

臣今屠死《とし》す。其の言や必ず善し。閣下、請ふ少《すこし》く之《これ》を容《い》れよ。

などと格調高く綴《つづ》られている。

織部様は、ふだんから名文家として知られ、和歌にも通じていて、自分の家紋から〈梅花散人《ばいかさんじん》〉という号でよく歌を詠んでいた。

だが、その内容を読み進むうちに、あたしは自分でも青ざめてゆくのがわかった。

それは、遺書と言うより、死にあたって、安藤対馬守様を糾弾する諫言《かんげん》だったのだ。

いくつか具体的な事例を挙げている。いわく……。

怪しむべき事の一として、異人を役宅に招き親しく付き合っていること。

怪しむべき事の二は、裏で異人から賄賂《わいろ》を受け取っていること。

怪しむべき事の三は、日本の女を異人の機嫌を取るために斡旋《あっせん》しようとしていること……などなど。

「これは……」

あたしが書き付けを返そうとするのを、河野様は押しとどめた。

「持っていてかまわぬ」

「こんな重要な書き付けを、あたしがもし誰かに漏らしたら……とはお思いになりませんの？　それとも……そのために、これをあたしに？」

あたしが親しく付き合っているドーカンさんが、尊皇攘夷《じょうい》の巣窟《そうくつ》のような道場にいることを、河野様は知っているはずだった。

「なぜそんなことを言う……」

「……これは、偽書でございますね」

河野様の表情が険しくなった。

「織部様の遺書といえば、村垣様に宛てたものしかなかったはず……村垣様は食えないジイさんだけど、お庭番のお家柄の方、ご自分に宛てた遺書の内容を漏らすとは思えませせぬ」

「榎本に聞いたか」

河野様は、苦笑した。

今度はあたしの方が厳しい表情になった。

「もうちょっとましな内容にしてもらえませんかね。この女って……まるであたしのことみたいで、外聞が悪いですよ」

河野様は、くすくすと笑った。もちろん、この偽の遺書のタネは、あたしとヒュースケンの経緯を知っている河野様から出たに違いない。

「それにしても、とんだ名文でございます」

「……たしかにこのような名文は、なかなか書けぬ」

格調高くまとめたのは、河野様が織部様の書生になる前、幼い頃から教えを受けていた儒者の大橋という男だということだった。

大橋は、のちに儒者として宇都宮藩に召し抱えられ、現在は過激な尊皇攘夷論者として知られているらしい。

「横浜の岩亀《がんき》楼《ろう》の喜遊の話、聞いたか？」

「……『ふるあめりか』の？」

「そう、あの歌も、大橋先生だ」

「えっ？　喜遊が作った歌じゃないの？」

河野様は笑っている。

「あの遊女の父親は、東禅寺のエゲレス公使館襲撃事件に絡んで捕縛され、それで娘は身を売ったらしい」

あたしは、ふっとため息をついた。

東禅寺、お花ちゃん……なんだか感傷的になってしまいそうだった。

喜遊が自害したのは事実だという。だが、それに尾鰭《おひれ》をつけて、面白おかしく、あるいは恣意《しい》的に、利用した者がいたのである。

岩亀楼の異人を相手にする娼妓《しょうぎ》の中には、口直しと称して、わざと攘夷の浪士を情人にする者もいたというから、噂を広めるお膳立《ぜんだ》ては整っていたのだろう。

それにしても大橋訥庵という男は、事実を巧みに捉《とら》え、それを都合のいいようにねじ曲げ、美化して、人々を煽動《せんどう》することに関しては、ほとんど神業のような文章力の持ち主だった。

「それにしても、なぜ、河野様は、このようなことを……」

あたしはもう一度、手にした文書を見つめた。

「……鮟鱇《あんこう》を吊《つる》し斬りにする」

「えっ」

あたしは無言で河野様を見つめた。

掃部様の桜田の一件以来、世の中は……というより、人の考え方が、何もかもが直截《ちょくさい》的になってゆくような気がする。

「お玉……直入に申す。実は、長州の桂小五郎と渡りをつけたい。たしか本所の仮《かり》宅《たく》で会った男は、渡辺昇と言って、桂さんと同じ道場だということだったが」

「ああ、河野様は、ドーカンさんを通して、長州の桂さんを……」

ドーカンさんは、最近では道場に集まる諸藩の志士たちの要《かなめ》ともいえる存在になっているらしいし、河野様をドーカンさんに引き合わせるのは、たやすいように思われた。

「鮟鱇斬りの後始末を、桂という男に託したいのだ」

「織部様の弔い合戦を……」

河野様は無言でうなずく。

「……ヒュースケンを殺《や》ったのも？」

河野様は、うつむいた。

「私がやらなかったら、おまえがやっていただろう？」

「さぁ……あの時は、捨て鉢な気持ちでしたけれど。案外、あとでラシャメンにでもなっていたかもしれませんよ」

そう言ってしまってから、ふと……河野様は、あたしの代わりにヒュースケンを殺ってくれたのだろうか、という思いがかすめた。

河野様は、ジッとあたしを見つめている。

「ドーカンさんには、さっそく話をしておきましょう」

あたしは織部様の遺書を、たたんで懐にしまった。

胸の梅紋が疼《うず》いたような気がした。体の刺青《ほりもの》に突き動かされる……というのは、こういうことをいうのだろうか。

河野様は帰り際、立ち上がろうとして、ふっとあたしを抱き寄せようとした。

「お玉……」

あたしは、そっと腕を突っ張って離れる。

「あたしはね……最後の女になりたくないの」

ふっと河野様は笑った。図星だったのだろう。

「織部様の時、つらかったから」

「木挽町の殿様は、亡くなる前におまえを？」

あたしは黙ってうなずく。

「……体に残されたものが、重くなる」

男の人は気付かないけれど、抱かれれば女の体には何かが残ってゆくような気がする。男が放出したものは、いったいどこへ行ってしまうのだろうか。流れて消えてゆくのか、あるいはあたしの体の中に取り込まれて同化してゆくのか……。

血と体液の混じり合った中から生まれる刺青も、どこか似ている。

死んでしまった人の紋は、この頃なんだか重く感じられてしまう。

「なぜ、こんなことを」

河野様は、あたしの体の刺青を知っているのだろうか。

「……願掛けみたいなものかな」

あたしは、つとめて明るく笑ってみせた。

「密《ひそ》かなおまじないが、すきなの」

「心願があるのか」

「……うん」

男たちは、なぜ理由を知りたがるのだろう。

逆に、もし男が女を抱いても、そこに理由なんて、きっとない。だから男は、何も語ろうとはしないのだ。

「殿方は、自分のことは何も話さないくせに、女のことばかり聞こうとする」

河野様は、一瞬だまり込んだ。

「もう、話すことは何もない。からっぽだ」

たしかに織部様が亡くなってから、河野様は生きる目的がまったく変わってしまったように見えた。いつの間にか攘夷《じょうい》の浪士となり、織部様の敵討ちみたいにヒュースケンを斬り……人を斬ったことによって、ますます暗い方へ突き進んでいかざるを得なくなってしまったのかもしれない。

もう、アンコウ様暗殺のことしか、頭にないということだろうか。

「からっぽなんじゃなくて……ひとつのことで、いっぱいになっちゃっているのではありませんか？」

河野様は、乾いた笑い声をたてた。

「……もう、後戻りはできないの？」

あたしは、そっと河野様に寄り添う。引き戻せるものならば、引き戻してやりたいような気持ちになっていた。

河野様は、両腕で、強くあたしを抱きしめる。

唇を……あたしは探るように求めようとしたけれど、河野様は、頑《かたく》なにギュッと一文字に引き結んでいる。

あたしは、そっとその唇に、自分の唇を寄せた。

「……柔らかいな」

そう呟《つぶや》いた時、唇が少し開いたから、その瞬間に舌を差し入れる。

あきらめたように、河野様も口を開き、舌を遊ばせる……しばらくの間、お互いの舌を吸ったり、入れたり、歯の裏側を舐《な》め合ったり……時を忘れて、ただ唇を重ね合わせることだけに没頭した。

ふっと、夢から覚めたように、唇を離す。

「織部様の時と同じ目に遭わせるのは、忍びない」

そう言って、河野様はあたしをもう一度ギュッと抱きしめると、腕をほどき体を離した。

呆気《あっけ》なくあきらめて、河野様は去って行こうとする。

そのあっさりした態度は、すでに命に対する執着もすっかり失ってしまっているせいのような気がした。

「……抱かれてもいいと思ったのに」

「おれは、意気地無しだな」

河野様は、小さく自嘲《じちょう》的に笑った。

「お玉……忘れてくれ」

河野様は、もう一度あたしを抱きしめると、もう後も振り返らずに去って行った。

あたしは、結局取り残されたような気分になっている。

何か未練が残っている。あるいは、その未練だけを、去ってゆく男から預けられたような気持ちになっていた。

男は簡単に忘れてくれ、と口にするけれど……。

時が経てば、いつか少しずつ、忘れられるものなのだろうか。

あたしが、九段下の道場へ行くと、ドーカンさんは、稽古《けいこ》が終わったところだったのか、この寒空の下、井戸端で、湯気をたてながら諸肌脱《もろはだ》ぎになって汗を拭《ふ》いていた。

「まぁ、すごい毛の襦袢《じゅばん》だこと」

ドーカンさんは、体毛がものすごくて、胸から腕から毛むくじゃらだ。あたしは遠目に何か腹掛けでもしているのかと思ったほどだった。

「おぅ、お玉、どうした？」

ドーカンさんは、諸肌脱ぎのまま、出かけていこうとするので、あたしは慌てて追いかけた。

「お玉、これから急ぎでちょっと市ヶ谷《いちがや》まで行かねばならん」

「ああ、それなら……」

あたしも小走りに、ドーカンさんについて歩きながら話すことにした。

「これから、この者のいる道場に行くんじゃ。急がないとな」

ドーカンさんの前を、まだ前髪が取れたばかりのような背の高い青年が、下駄《げた》を鳴らして、ズンズン歩いてゆく。ドーカンさんに紹介されて、ちょっとはにかんだように頭を下げた。

色が黒くて、まだ少年のような雰囲気があった。

「ドーカンさん、ちょいと明日付き合っておくれよ」

「なんだ？」

「……酉《とり》の市《いち》」

「おう、もうそんな季節か」

あたしは、ついでみたいに河野様の話をしてみた。

驚いたことに……ドーカンさんは、すでに織部様の遺書を知っていた。

「なんで、知っているの？」

「なに寝ぼけたこと言ってるんだ。〈堀織部正の遺書〉は、尊皇攘夷《じょうい》の志のある者ならばみんな読んでいるぞ。総司《そうじ》、おまえ読んだか？」

「いえ、読んでいません」

「なんだ、読んでいないのか。おまえのところの道場は、どうも一事が万事遅れておるのぅ。今度、写しを持って行ってやろう」

「ちょ、ちょっと、ドーカンさん、写しって……？」

「あれを一読した時は、道場の者みな感激のあまり、泣きながら夜なべして写したもんだから、売るほどあるぞ」

「……織部様の遺書が」

あたしは、なんだかドキドキしてきてしまった。

たしかに切々と人々の心を打ち、同時にその好奇心をくすぐるような名文ではある。

だが、その名文によって、織部様の名は、本当の織部様とはまったく別の形になって、どんどん大きくなってゆくのが、恐ろしいような、許し難いような気がした。

「あれは、織部様が書いたものじゃないのに……」

「だとしても、もう今となっては、そんなことは、どうでもいいんじゃないのか」

ドーカンさんは、織細じゃないから、細かいところは気にならないらしい。

「ねぇ、市ヶ谷まで、何しに行くの？」

「道場破りの、助《すけ》っ人《と》よ」

総司と呼ばれたこの青年のいる道場は、天然理心流《てんねんりしん》というあまり聞いたこともない流派で、それでもこの頃は他流試合を求めて剣士たちがやってくる。

たいがい負けてしまうので、道場破りが来ると、あわててそこの道場主がすぐ使いを走らせて、ドーカンさんの道場から人を出すことになっているというのだった。

ドーカンさんは、この道場主の近藤《こんどう》さんという男の、朴訥《ぼくとつ》とした人柄が気に入っていて、手の空いているときは、たいがい馳《は》せ参じるのだという。

「謝礼に馳走《ちそう》になる時の肴《さかな》は、いつも刺身だ」

「おや、豪勢だこと」

「ボリボリ音のする……」と、横から青年が口をはさんで悪戯《いたずら》っぽく笑った。

あたしが首をかしげると、「沢庵《たくあん》ですよ」と屈託なく笑っている。

沢庵を刺身と呼んで、やせ我慢しているらしい。それでも飯が腹いっぱい食えるのは、ドーカンさんにとって魅力的なのだろう。

「こちらの坊やもご門弟？」

私がそう言って青年に挨拶《あいさつ》すると、ドーカンさんは、「なに、この者が道場で一番強い」と笑った。

こんな子供が一番強いというのだから、その道場の窮状は推して知るべしというところだろう。

「おお、そうだ、お玉、ちょっとわしの方も頼みがあるんだが……」

ドーカンさんは、せっかちだから、あれこれ早口でまくし立てるけれど、あたしの方は、あまりの早足に付き合って、息が切れてしまったので、続きは酉の市で聞くことにした。

「じゃあ、明日な」

去ってゆくドーカンさんの背中を見ると、背中にも一面黒々と毛が生えていた。


浅草の酉の市は、すごい人出だった。

みんな縁起物の熊手を買う。

「ドーカンさん、いいかい、まずこの金で熊手を買ってね」

あたしは、こと細かにドーカンさんに指示を出した。

「お玉よぅ、用事って……」

「まず、熊手を買わなくちゃ、何のために酉の市に来たんだい」

ドーカンさんは、田舎者丸出しの様子で、店の親爺《おやじ》とやりとりをはじめる。

「なるべくゆっくり品定めしたり、お代も押したり引いたり交渉して、とにかく時間稼ぎして買っておくれ」

小声で言うと、あたしは、その隙に……小さな熊手を盗むのである。

どれにしよう、と物色しているところに、突然、「お玉ちゃん！」と声をかけられた。

「あ、タオちゃん！」

「ねぇねぇ、知ってる？　堀織部正の遺書の話」

「えっ？」

すでに多緒の所にやってくるような客の間でも、織部様の遺書については、なにかと話題になっているというのだった。

「ねぇ、アンコウ様が異人に女を世話してる……って、お玉ちゃんのことじゃないの？」

あたしとヒュースケンのいきさつを知っている多緒は、興奮した口調でまくしたてる。

あたしは、一瞬呆然《ぼうぜん》とした。

誰もがもうみんな読んでいるのだ……〈外国奉行堀織部正の遺書〉を。

「おおーい、お玉、盗むのなら、早く盗まんかぁ！」

周囲の人々が、ドッと笑い声を上げた。

みんな知っている。

酉の市で、芸者はこっそり簪《かんざし》にする熊手を盗むことが許されている。

そのかわり、主人の気をそらすために買い物をする相方《あいかた》は、その盗む分の熊手の代金も上乗せして払うのが不文律なのだった。

要するに店の主人は、損をすることのないようにできている。

それが、こうがなりたてられ、せかされては、さすがにあたしもバツが悪くなって、今さら盗むわけにもいかなくなってしまった。

「おい、もう、買ってしまったぞ」

「……もう、いいよ」

あたしは、しょんぼりあきらめることにした。

来年はきっと、いいことはないかもしれない。

「あーっ！」

あたしは、ドーカンさんが買ってきた熊手を見て、逆上しそうになった。

「ドーカンさん、なんでオカメのついてる熊手を買っちまったんだよぅ。あれほどオカメがついていないのを、って言っておいたのに」

ドーカンさんは、店の者に「独り身のいい若い者が、オカメのついていない熊手を買うなんて」と言いくるめられて、買わされてしまったらしい。

「オカメはだめなんだよ。女の持ち主に嫉妬《しっと》するから。あたしたちみたいなお商売には、オカメは厳禁！　って、あれほど言ったろ？」

「お玉よぅ、そんなオカメさんくらい、いいじゃねぇか……じゃ、こうしよう、このオカメだけ、わしがもらえばいいじゃろ」

この粗雑な男は、熊手からオカメをむしり取ろうとするので、あたしは慌ててさえぎった。

「ドーカンさん、縁起物にそんな乱暴して……もう、いいよ。この熊手は、おまえさんにやるよ」

「まったく、江戸の衆は、なんでこんな面倒なことをするのかのぅ。それなら、はじめから買ったらいいようなものじゃないか」

ドーカンさんは、不服そうだ。

「銭を惜しむんじゃないんだ。買ったんじゃおもしろくないんだよ。盗むから御利益があるのに」

あたしが、今日は人選を誤ったと、ため息をつくと、ふいに多緒が、クスクス笑いながら、小さな熊手を差し出した。

「ほら、あたいが盗んでおいてやったよ。ちゃんと、オカメのついていないやつ」

「あっ！」

多緒は、あたしとドーカンさんがやり合っている隙に、手際よく盗んでくれたらしい。

「タオちゃん、ありがと」

やっぱり頼りになるのは、女友達だ。

この〈盗んだ〉熊手を大事にしまっておき、来《き》る正月三が日に髪に挿すと、その年はいいことがあるという。

他愛もないまじないといえば、それまでのことだが、あたしたちは水物の仕事をしているだけに、縁起かつぎなのだった。

そのまま三人でブラブラと歩いていると、向こうから河野様がもう一人の男と二人連れだって歩いてくるのに出会った。

ドーカンさんは、とっくに気付いている。

雑踏の中で、すれ違いざま軽く会釈するように河野様は囁《ささや》いた。

「それがし今は、三島三郎と名乗っており申す。こちらは高畑房次郎殿」

ほう、とドーカンさんは目を見張った。

「高畑殿は、もしや東禅寺の……」

ドーカンさんは、諸国からの若者が集まる道場にいるせいか世の中の事情に明るい。東禅寺のエゲレス公使館襲撃に参加した水戸浪人高畑の名は、ドーカンさんたちの間では知れた名だったのだろう。

あたしは、東禅寺と聞いて思わず高畑と名乗る男を見つめた。

「もしかして……ダンを」

チラッと高畑は顔色を変えて、眠そうな目であたしを見つめる。

たぶん、ダンを殺《や》った水戸浪人というのは、この男だ。そして、噂が本当だとすれば……東禅寺でお花ちゃんを殺したのも、この男だったということになる。

本人を前にして、確かめようもなかったけれど、案外噂は本当のように思われた。思ったより醜男《ぶおとこ》だった。なんとなく持ち物ばかりが大きそうな……不遜《ふそん》な自信を秘めたような雰囲気がある男に見えた。

真偽は確かめようもないけれど、河野様は、こうした男と付き合っているのか、と思うとなんとなく気持ちがふさいだ。

何かが変わったように思われたのは……何かに染まってしまった、ということなのかもしれない。

「じゃ、ここで……」

あたしたちは、何食わぬ顔で別れた。ドーカンさんは、河野様たちと共に行き、あたしは多緒と逆の方へ行く。

振り返って、雑踏に去ってゆく河野様の背中を見送った。ふと、あたしは釜さんのことを思った。今頃、どこでどうしているだろうか……。

織部様の死を一人は抱え込み、その無念をはらすことに精力をかたむけ、もう一人は、外へ飛び出してゆく原動力にしようとした。お互いに、その死を乗り越えようと、もがいていたことに違いはないはずなのに。

あたしもまた、どうにか織部様の死を乗り越えようとして、こんなことをしているのだろうか。

織部様が目をかけた男たちの明暗に、あたしは不思議な思いにとらわれながら、小さな熊手を手にして多緒と歩いている。

「あっ、タオちゃん、何首烏《かしゅう》芋《いも》買って帰らなくちゃ」

あたしは思い出して、八頭《やつがしら》芋を笹枝に通して売っている何首烏芋を買い求めた。西の市の日に、この八頭を食べると病除《やまいよ》けになるという。

「お玉ちゃん、あたい、お汁粉たべたくなっちゃった」

「それより粟餅《あわもち》の方がよくない？」

あたしたちは、何もなかったように笑いさざめきながら雑踏をそぞろ歩いている。自分のしたことの意味については、あまり深く考えないことにしよう、とあたしは思った。

その年の暮れは雨が多く、元旦《がんたん》には雪が降った。

新年早々、河野様の師匠の大橋訥庵が捕まったという噂を聞いた。

鮟鱇斬りは頓挫《とんざ》したのだろう、とあたしは他人事《ひとごと》のように聞き流していたら……

その数日後、坂下門外で、安藤対馬守様が登城途中を襲われた。

襲ったのは、たった六人。アンコウ様は、もちろん警備を厳重にして四十五人もの従者に守られていたから無事だった。

その話を、あたしはドーカンさんから、柳橋の〈大橋《たいきょう》〉の座敷で聞いた。

この日の客は、ドーカンさんと、この間の青年の総司さんと、助太刀にいつも行っている道場主の近藤さんの三人である。

西の市でのドーカンさんからの頼みというのが、おかしかった。

この青年、総司さんは、剣術は強いし、性格もいたってまっすぐだが、健やかすぎるのが難点で、もう十九になるというのに、女を知らないらしい。師匠である近藤さんは、可愛い弟子のこの青年に女を抱かせようと何度か画策したらしいのだが、本人は恥ずかしがって、無理強いすると、逆にプイと雲隠れしてしまうのだという。

それで親友のドーカンさんが、吉原にでも一度は連れ出してやろうと思案していたところに、あたしが出現したものだから、渡りに船とばかりに飛びついたというわけだ。

「どういうこと?」

ドーカンさんの魂胆は見え透いていたけれど、あたしはとぼけて問いただした。

「だからその……総司に女の味を教えてやりたいんだが、どうにかならんか?」

「そういうのは、吉原の専売でしょう? そのために吉原はあるんだから」

「いや、あいつは案外、頑固で、ああいうところには行きたくないという。こういうものは、最初が肝心だし、無理に連れて行くのもな……その点、この間の大橋あたりなら、分厚い刺身を食わせるって、連れ出せるから……」

「そのあとで、吉原に行ったら？　お酒飲まして」

「酒は、あんまり強くないんだよ」

　ドーカンさんは、困り果てている。

「どうだ、その……芸者を抱かせてやるわけにはいかないか？　ほら、可愛いまだ子供のがいるじゃないか。袖《そで》のヒラヒラ長いの着ている……」

「何、馬鹿なこと言ってるんだい。半玉《おしやく》は、そんなことしないの。水揚げするなら、何十両だか何百両だかは用意してもらわなくちゃ」

「だめか」

「だめだめ……」

「そうか。その、なんだ……おまえが、その、たまには若いのを相手にするっていうのは」

　あたしは、ピシャリとドーカンさんの大きなおでこを叩《たた》いた。

「何、言ってンだい！」

「だめか……」

まったく、女を知らない男たちが、こういうことを計画すると、ろくなことにならない。

仕方ないから、大橋の女将《おかみ》さんに頼んで、軽く食事と酒を出してもらって、あたしと、もう一人半玉の久里《くり》ちゃんに座敷を付けて、まずは芸者遊びのイロハを指南することにした。

ところが、肝心の師匠の道場主たる近藤さんというのが、また絵に描いたような朴念仁《ぼくねんじん》だったのである。柳橋で芸者を上げるのははじめてだと、あたしたちを見たとたん、弟子を差し置いて大感激のあまりカチカチになってしまった。

その上、鰤《ぶり》も鯛も大橋では分厚い刺身が出てくるのがうまいうまいと、ガッガッ食べて、せっかく芸者と半玉を上げているというのに、照れ臭いのか、男たち三人は、ひたすら食べるのと、天下国家と剣術の堅苦しい話に夢中になっている。

とはいえ、数日前のアンコウ様襲撃事件の興奮がまだ冷めやらないのもまた事実だった。

「アンコウは、背中を斬られたらしい」

「襲われて、裸足《はだし》で駕籠《かご》から飛び出して逃げたそうじゃ」

ドーカンさんも近藤さんも、敵に背中を見せて逃げるなんて、武士の風上にもおけない、と憮然《ぶぜん》としている。

「その点、掃部様は、一歩も逃げずに斬られて立派なもんだったわけね」

あたしがつまらないことに感心すると、ドーカンさんはこちらも訂正した。

「あれは逃げなかったんじゃない、逃げられんかったらしいぞ」

「どういうこと？」

「掃部様を襲撃した狼藉者《ろうぜき》は、合図に一発だけ銃を撃ったろう……それが、偶然、駕籠の掃部様の腰に当たって、逃げようにも逃げられなかったそうじゃ」

ドーカンさんは、弾が当たっていなかったら、掃部様だって背中を見せて逃げていたに違いない、とでも言いたげだ。

それにしても、攘夷《じょうい》を叫ぶ水戸浪士が、飛び道具を使ったというのが、なんだかおかしいような気がしたし、逆にピストルなどという舶来のものの威力がそれほどならば、何発も駕籠の中に撃ち込めば、無駄な斬り合いをしなくて済んだのではないかと思うのだけれど、攘夷論者たちは、やっぱり最後は武士の魂で斬り合いをしなくては気が済まないものらしい。

アンコウ様を襲った狼藉者たちの死体は、倒れた位置の坂下門に近いところから、一番死体、二番死体、と番号を付けられたという。それぞれ名札を懐中に忍ばせていた。

〈壱番《いちばん》死体〉が三島三郎こと……河野様で、〈五番死体〉が高畑房次郎であったらしい。

懐中からは、名札の他に「斬奸《ざんかん》趣意書」が出てきた。

河野様の懐からは、その他に……なぜか吉原の遊女屋の受取が出てきたという。

なぜ、そんなものを懐に入れっぱなしにしていたのか、わからない。

決行の前日に、一人で登楼したらしい。遊女を昼夜二分で買い、その他、芸者二人、台の物に御膳《ごぜん》。酒は二升飲んで、しめて金二両を支払ったという受取だったという。

この世の別れに、女を抱きたくなったのか……あるいは、女のぬくもりが欲しかったのか……。あたしはちょっとせつなくなった。

「それにしても、ドーカンさん、なんでそんなことまで知っているの？」

「何言ってるんじゃ、おまえの蒔《ま》いた種だろうが」

「えっ？」

意外なところから、この「斬奸趣意書」と事件の顚末《てんまつ》は世に出回る結果になった。

というより、そのために、河野様は、あたしを通してドーカンさんに接触していたのだ。

坂下門外の変を密《ひそ》かに見届けた内田某と名乗る水戸藩士は、長州藩邸を訪ねて、桂さんに面会して、その斬奸趣意書を渡した。内田某の役割は、その斬奸趣意書を桂さんに渡し、長州藩に事後の始末を頼むことだったのだろう、その場で切腹して果てたという。

もちろん、桂さんをはじめとする長州藩の過激な志士たちは、すでに河野様を通じてアンコウ様襲撃の企てを知らされていた。

桂さんたちの手によって、この斬奸趣意書の写しは津々浦々の尊皇攘夷《じょうい》の志士たちの間へと流布していった。

この斬奸状の内容は、織部様の遺書と同じ内容であったから、より嚙《か》み砕いた名文である織部様の遺書も同時に流れ、この織部様の遺書によって、多くの人々が時勢に目を開いて発憤したという。

「そういうことだったのか……」

堀織部正の偽遺書は、すでにあたしの知らないところで蔓延《まんえん》していた。だけど、その噂と、坂下門外のアンコウ様襲撃とを結びつけ、より世論をアンコウ様糾弾に沸騰させたのは、あるいは、あたしが河野様とドーカンさんを引き合わせたことがきっかけだったのかもしれない。

あたしは、まるで、将棋の駒のひとつになって知らない人に操られているような気持ちになっていた。でも、だとしたら、この駒を動かしているのは、いったい誰だというのだろう。

それにしても、放っておくと、ドーカンさんと近藤さんは、口角泡を飛ばして、斬り合いの話ばかりしている。

「こんな所に来てまで、斬った張ったの話は本当はだめなんですよ」

あたしは、やれやれと、総司さんに指南する。

「でも……近藤先生も、ドーカン先生も、他に話すことがないんじゃないかな。あの二人は、放っておくと、ずっと剣術の話を飽きもせずにしゃべっていますよ」

総司さんは、にこにこ答えている。

「そういうのは、道場で話せばいいのにねぇ……もう」

あたしは、なんだか歯痒《はがゆ》くって仕方がない。

せっかく呼んだ半玉の久里ちゃんも、困ったようにあたしのそばにピッタリくっついている。こういうときの座の取り持ちは、案外とくたびれるものだ。

久里ちゃんは、もう十六になるけれど、丸い顔をしているせいか、まだ子供っぽい可愛らしさが漂っている。でも、いくら幼く見えても、もうそろそろ旦那《だんな》を取らなくてはならない年なので、それがどうやら悩みの種であるらしい。

「あら……」

廊下を、オバケの殿さんと、お蝶さんが、連れだってゆくのが見えた。二人はよりを戻したのか……それにしては、お蝶さんは沈んだ表情をしている。

久里ちゃんは、お蝶さんと同じ置屋だから、ちらっと目があうと挨拶《あいさつ》した。

あたしは思いついて立ち上がると、手短にオバケの殿さんに尋ねてみる。

「こういうとき、どうしたらいいでしょうねぇ」

殿さんは、すっと座敷に顔を出すと、久里ちゃんに声をかけた。

「久里、ちょっと客人に羽衣煎餅《はごろもせんべい》を買っておいで……」

パッと立った久里ちゃんに、殿さんは、さりげなく小遣いを渡している。

「一人じゃ危ないから、そこの兄さんに一緒に行ってもらいな」

殿さんがそういうのを引き取って、あたしは総司さんに、「ちょっとそこまで一緒に行ってやっていただけませんか」と声をかけた。

総司さんは、師匠の方をチラッと見たけれど、こちらは大声でまだ熱心に話し込んでいる。

「ああ、いいの、いいの、お師匠さんたちは放っておきましょ」

あたしは、「はやくはやく」と、若い二人を送り出した。

なんだか、あたしの方が浮き立った気持ちになっている。

「……初めての時は、〈おつかいごっこ〉に限るよ」

さすがにオバケの殿さんは、こういうことに慣れている。

二階から、往来を眺めると、恥ずかしそうにちょっと距離を置きながらも、二人が何やら楽しそうに話しながら歩いてゆくのが見えた。

「あの頃が、一番いいものだな」

オバケの殿さんがポツリという。

あたしはふと、思い出してしまった。

「殿さんが、最初に柳橋に来た時……あれは、〈川長〉でしたっけ?」

オバケの殿さんも思い出したのだろう、クスクスと笑っている。

殿さんが最初に父親だったか、叔父《おじ》だったかに連れてこられた時、やっぱり〈おつかいごっこ〉をさせられて、一緒に付き合ったのが、あたしだった。

あたしはまだ半玉で……でも、もうやっぱり水揚げの話が出ていた頃だ。

別に、出会ったばかりの若い客に、そんな身の上話をするわけではないけれど、あの年頃は、あまりに女の方が早く大人にならなくてはいけないから、少女の方は、せつない気持ちを胸に抱えている。子供子供した少年を見ると、わけもなく苛立《いらだ》って憎らしいようにさえ思えたものだった。

だから、少年の方も一生懸命背伸びして、一緒に大人っぽく振る舞ってくれるのが、わけもなくうれしいようなせつないような気持ちになって……今になって振り返ると、娘時代が終わったのは、あの頃だったのかもしれない。

「不思議なもので、〈おつかい〉から帰ってくると、なんだか男の顔つきが変わっているものなんだな」

殿さんも、ちょっと懐かしそうに笑った。

別に特別なことがあるわけでもない。ちょっとの間、半玉を連れて一緒に歩くだけ。

でも、男は、可愛らしく着飾った娘と一緒に歩くだけで……なにか、シャンとする。往来の人々の視線を感じるからだろうか。男としての自覚のようなものを感じるのか、わずかな間の〈おつかい〉から帰ってきた時には、頬を紅潮させて、どこかすがすがしいような顔になっている。女によって……男は自信を身に付けるものなのかもしれなかった。

それを見るのが楽しいとあたしは思う。

あとで戻ってきたら、煎餅を久里ちゃんに届けさせましょうと、あたしは殿さんとお蝶さんに別れを告げた。

あとで聞いたけれど、この日、オバケの殿さんは、どうやらお蝶さんに、とうとう愛想づかしをされてしまったらしい。お蝶さんには金回りのいい坊さんの旦那《だんな》ができていた。

せっかく買ってきた羽衣煎餅も、ドーカンさんと近藤さんは、よく見もしないで、話に夢中になりながらバリバリ食べはじめたので、若い二人とあたしは、呆《あき》れて大笑いしてしまった。

「おっ、総司……どこに行っていた？」

ずいぶん経ってから、やっと気付いた近藤さんが、そんなことを言い出したので、総司さんと久里ちゃんは、顔を見合わせてニヤニヤクスクス笑っている。

「女を抱くより大事なことを、お教えしておきましたよ」

あたしはドーカンさんにそっと報告しておいた。

帰りしなに、あたしは「総司さん、またいらっしゃって下さいね」と声をかけた。

「若い時は、わけもなくさみしいような気持ちになることがあるものですけれどね……そんな時に、こういうところへいらっしゃるのは、ようございますよ」

「はい」

素直にそう答える青年の横顔に、ふっと影ができた。剣術で身を立てていくのならば、なおさら孤独の影を引きずっていかなくてはならないのではないかと、あたしは老婆心で、そんなことを言わずにはいられなかったのだ。

あたしの隣で、久里ちゃんは、ちょこんと頭を下げた。

「総司様、今度お目にかかる時は……」

もう子供ではない、と言いたかったのだろうか。

たぶん、次に会う時は、久里ちゃんも大人の女になっていることだろう。

「あたしは一本の芸者になっています。また、呼んで下さいね」

久里ちゃんの笑顔が明るくて、あたしも総司さんも、つられたように笑った。

「うん……」

総司さんは、ちょっと困ったような顔をして、近藤さんの方を見た。

「……また来る、って言ってもいいでしょうか、近藤先生」

「えっ、えっ……おまえたち、いつの間にそういうことになっていたんだ」

「いやだなぁ、なんにもないですよ」

近藤さんとドーカンさんの方が、シドロモドロで真っ赤になっている。

二人とも、うれしいのと困ったのとが、ごっちゃになったような顔をして、ひたすら照れ笑いでごまかそうとしているのだった。

アンコウ様襲撃以来、関係者は幕吏に次々と捕まっている、という噂が広まっていた。

長州の桂さんも、内田から後事を託された件が明るみに出て、捕縛され糾問を受けているという。

「お玉ちゃん、大丈夫かなぁ?」

この間の、酉《とり》の市《いち》でのことを知っている多緒が、心配してやってきた。

「あたしは別に何もしていないもん」

「そうだけどさぁ。でも、あの酉の市の時、なんで、あんな男とかかわったの？」

たしかに、いつものあたしだったら、関わり合いになるなんて、考えてもみなかっただろう。

なんだか……体に刻まれた刺青《ほりもの》に突き動かされたような気がした。あるいは、時代の熱気に当てられたのかもしれない。そう、将棋の駒を動かしているのは、何か目に見えない時代の流れなのかもしれなかった。

「本当はね……ちょっと悔いているの」

「……え？」

「紋を入れたかったたな、って……今頃になって思ってる」

「誰の紋？」

「河野様の」

あたしは苦笑した。決まりは決まりだ。寝ていない男の紋は入れられない。

「一個くらい、ズルして入れちゃったら？」

多緒は呆れたように笑った。

それもやっぱり気持ちが悪い。

あの時、拒絶したことがなんとなくしこりになってわだかまっている。たぶん、抱かれても、抱かれなくても、相手が死んでしまったら、心に引っかかりができてしまうのは、仕方がないのかもしれない。

「なにも吉原の妓楼《ぎろう》の受取なんて、死ぬ時まで後生大事に持っていなくったって……」

〈新吉原、元海老《えび》屋　玉越〉と、受取には女の名まで書かれていたという。その名前に、玉がついているのが気になった。あの河野様に馴染《なじ》みがいたとも思えない。その場で〈玉〉のつく女を選んだのかもしれない……そう思うとなんだかやりきれなくなった。

本所で、月のきれいだったあの晩……釜さんと一緒に仮宅《かりたく》をひやかしていた河野様の、ちょっとうつむき加減な後ろ姿が、いつまでも思い出されるのだった。

まさか幕府の役人に追われることはないと思っていたら、当のアンコウ様ご本人から座敷の口がかかってしまった。しかも御役宅への〈遠出〉だという。さすがにあたしもまずいな、とは思ったけれど……断ることもできないような気がした。

「大丈夫かしら？」

お銭さんは、支度を手伝いながら、もう泣きそうな顔をしている。

「あたしが明日の朝までに戻らなかったら、オバケの殿さんに連絡してね」

「そんな……あの殿さん、ダランとしていて、いざという時、頼りになりそうもないけれど……」

「あれで案外、いざとなると気骨はあるのよ。死体くらいは引き取りに来てくれるでしょ」

「えっ？　やめてよ、お玉ちゃん！」

お銭さんはギョッとして、ツルカメツルカメと口の中で厄払いの言葉をあわてて唱えた。

アンコウ様の屋敷に入ってしまったら、もう何をされても文句は言えないだろう。あたしも覚悟を決めないわけにはいかなかった。

愛宕町のアンコウ様の御役宅には、あたしを含めて芸者が五人、半玉が三人呼ばれていた。

アンコウ様は、まだ顔に包帯を巻いていた。背中に二つ、顔に一つ太刀を受けたという。同席の男たちは、家中の方たちらしい。アンコウ様の傷の治療をされたという蘭方医の戸《と》塚《つか》静《せい》海《かい》様も同席されていた。

アンコウ様は、遭難された後も、包帯で顔をぐるぐる巻きにしたまま、外国の使節と平気で面会していたという噂だった。

命を粗末にしなかったことは、異人たちの信頼を得る結果になったらしい。

織部様以来、日本人はすぐハラキリをして死んでしまう、と諸外国の公使たちは戦々恐々としているのだという。

この日、用意された膳部《ぜんぶ》は、三汁九菜に及ぶ豪華なもので、鯛と生姜《しょうが》の膾《なます》、蕪《かぶら》の汁、昆布巻き蒲鉾《かまぼこ》、魚のてんぷら、アワビのふくら煮、からすみと奈良漬け……等々、茶菓子は黄粉《きなこ》まんじゅう、後菓子は落雁《らくがん》と、次々出てくる豪勢な料理を、参会者は黙々と食べている。あたしたちはお座付の踊りを披露したけれど、一座は気味が悪いほど沈み込んでいた。

やがて、お開きという時になって、あたしだけが用人に呼び立てられた。

来たな、とあたしは思った。

一室に招き入れられると、アンコウ様が一人静かに飲んでいる。

「傷にさわりませんか？」

あたしは銚子《ちょうし》を取り上げて、酌をする。燗酒《かんざけ》はすっかり冷えてしまっていた。

「傷は三カ所、いずれも浅い……だが二カ所は背中だ」

アンコウさまは、呟《つぶや》くように言うと盃《さかずき》をあおった。

「背中の二ヵ所は、駕籠《かご》の中で受けたものだ。防ぎようがなかった」

あたしは面を伏せる。それはそうだろう。

だが、背中の傷は、結果としてアンコウ様の致命傷になった。

命に別状はなかったが、怪我を押して政務に戻ろうとしたアンコウ様に対し、

「老中たる者が真っ昼間に浪人たちに襲われ、しかも背中を見せて足袋裸足《たびはだし》で逃げるとは、武士道にもとる」と、大目付・目付衆から茶坊主にいたるまで、周囲の人々はみな冷ややかな態度を示したというのである。

人心というものは、何かを契機にガラッと変わってしまうものらしい。

「玉勇よ……私は御役を御免になった」

「えっ？」

あたしは、アンコウ様を見つめた。

安藤対馬守は、「勤役中、不正の取り計らいこれあり」という科《とが》により、二万石の減禄《げんろく》、永蟄居《えいちっきょ》の処分を申しつけられていた。

事件も、背中の傷も、きっかけに過ぎなかったのである。

世間に流布した〈堀織部正の遺書〉に書かれていた「安藤対馬守は、異人から賄賂《わいろ》を受けている、異人に女を斡旋《あっせん》している……」という内容は、いつの間にかまるで事実だったかのように世間の人々の心に浸透していた。

首はある、などと供方自慢をし
あんどう（行灯）を消してしまえば夜明けなり
事件後に流布した落首を見ても、人々がどのような目で施政者をみていたかが知れた。

幕閣だけでなく、強い発言権を持つ薩摩の島津久光《しまづひさみつ》に「人心潰散《かいさん》、変乱の基」とまで言われ、アンコウ様は老中の座から降りざるを得なくなったのだという。

「この役宅での宴も、今宵《こよい》が最後だ……」

アンコウ様は、空の猪口《ちょこ》をあたしの前に突き出した。

「……堀の遺書を流したのは、おまえだろう」

「違います。それに、あの遺書が偽書だということは、御前が一番よくご存じのはずでございます」

「そうだ……だが、ここまでくると、もはや真偽は重要ではあるまい」

たしかに……結局は、織部様の無念の思いに、アンコウ様は政治生命を絶たれたともいえた。

そして、あたしが偽書の流布に一役買ってしまったこともまた、事実だった。

だけど、その後の展開は、あたしも、恐らく他の誰もが、予想だにしなかったことではなかったか。

きっかけは些細《ささい》なことだった。

それがいつの間にか人心を動かし、世の中を変えてゆく。

おそろしい、と思った。

そして、巡り巡って、その陥れられた人を目の前に、あたしは酌をしている。

「芸者とあなどって、足を掬《すく》われた。……まさか、謀反人《むほんにん》の娘とは思わなんだ」

「さて、何のことでございましょう」

あたしはとぼけた。あたしの罪は、あたしの罪であって、父は関係ないのに、男は負けを認める時、そうした理屈をつけずにはいられないものらしい。

「それにしても……謀反人とは聞き捨てなりませぬ。あたしは江戸で生まれた人間ですから……権現様開闢《ごんげんさまかいびゃく》以来、江戸が一番いいところだと思っております。この世の中をどうこうしようなんて……これっぽっちも思ったことはないんです」

それは、偽らざる本心だった。おそらく、河野様や高畑様たち……ドーカンさんや桂さんだって、それぞれ異人に国を荒らされるのがいやで、お上にどうにかしてもらいたくて動いているだけであって、ご公儀に謀反を企てようなどと大それたことを考えているとは思えなかった。

だけど、たしかにアンコウ様に対するご処分も、あまりに理不尽といえば理不尽だと、あたしも思う。

そうした処分を出さなければもう、収まりがつかないほど、織部様の遺書の内容は、事実として人々の間に定着していたということなのだろう。

「……御老中様のお怒りもごもっともでございます」

あたしは覚悟を決めて、心静かに後ろ手で帯を締め直した。

「もはや生きて帰れるとは思っておりませぬ」

あたしは、アンコウ様の盃になみなみと酒を注いだ。

アンコウ様は口の端で笑って、飲み干すと、あたしに盃を持たせ酒を注いだ。

と、その時、「対馬殿、対馬殿」と呼ばわる声がした。

凄《すさ》まじい大音声《だいおんじょう》だった。

「アンコウ殿！」という大音声は、廊下を足音も高く踏みならして近づいてきて、「ここか、ここか」という声とともに足音が止まったかと思うと、カラリと部屋の戸が開いた。

「おお、こりゃシッポリしちゅうところ、邪魔じゃったかのう」

ひょっこりと部屋に入ってきたのは……なんと、クジラの殿様だった。

あたしの姿を見て、容堂公は豪快に笑った。

止めようとした者たちを振り切って乱入してきたのだろう、家中の者たちは青ざめて平伏している。

「……あっ」

しかもその背後に、越前の殿様までくっついて入ってきたのには、あたしもびっくりしてしまった。

さすがにアンコウ様も驚愕《きょうがく》して、思わず畳に頭をすりつけている。あたしは、アンコウ様がこんな米つきバッタのように卑屈になっている姿をはじめて見た。というより、越前様というのは、やはりそれほどの殿様なのだろう。

クジラの殿様は、田舎者だから、その辺りは物怖《ものお》じするところがない。

この二人の殿様は、気質《きしつ》が真反対のせいか、すこぶる馬が合うようなのである。あるいは、クジラの殿様は、酔うと手をつけられなくなる自分の性格をよく知っているから、抑えの人物としてこの越前の殿様春嶽公を誘ったのかもしれない。

「これは、越前殿、土州殿……お揃いで」

アンコウ様は、突然の招かざる客の来訪に、渋い顔をしながらも平伏せざるを得なかった。

「晴れて謹慎が解けたき、霊岸島《れいがんじま》と鮫洲でうち揃おて、対馬殿の見舞いに参ったところじゃ。おっ、酒があるねや」

よくわからないが、どうやらアンコウ様の失脚と入れ替わるように、この二人の謹慎は解かれたものとみえる。

クジラの殿様は、図々《ずうずう》しく座り込み、「まずお流れを」と腰に下げた自分の盃を
アンコウ様の前に突き出した。アンコウ様が気圧《けお》されて酌をすると容堂公は悠々と
飲みはじめた。
「対馬殿、馳走《ちそう》になりゆうに横着なことを言うようじゃが、燗《かん》がちくと冷《ひ》ようなっ
ちゅう。酒は熱いがを所望したいのう。わしは、ちいっとでも冷ようなると腹が下
るき、燗の冷えた酒は下げさせることにしちょる。おこぼれに預かる家の者らあは、
たいちゃあ喜びよる」
アンコウ様は、苦りきった顔で、仕方なく家の者を呼んで酒の追加を言いつける。
越前の殿様も、お酒はいける口だから、いつの間にか、三人の殿様たちは酒盛り
になってしまった。アンコウ様も開き直ったように飲んでいる。
あたしは三人に酌をしてまわりながら、時勢に乗った人と、ふるい落とされてゆ
く者とは、こうも違うものかと、人の世の栄枯盛衰を思った。
一年前、織部様を死に追いやった人が、今は手負いになって追われている。こう
して浮かれ騒いでいる二人の殿様だって、どんな末路が待っているのか誰も知らな
い。
「お玉、近頃流行《はやり》のチョンキナを唄《うと》おてみい」
クジラの殿様は、もともと乗り込んできた時からだいぶ酩酊《めいてい》していたようだった。

豪放に見えてもともと繊細な人だから、酒の勢いを借りないと案外こうした大胆な行動は取れないのかもしれない。

「チョンキナ、チョンキナ、チョンチョンキナキナ、チョンガナノハデ、チョチョンガチョン」

と、かけ声をかけて拳《けん》を打つという、いわゆる拳遊びの一種である。

負けた方が、着物を脱いでゆく。土佐は拳が盛んな土地らしく、クジラの殿様はすぐ熱くなった。

「あーん、くやしい」

負けたあたしも、大袈裟《おおげさ》に身をよじって悔しがってみせる。ふっと悪戯《いたずら》心が首をもたげた。

あたしは、勢いよく片肌脱ぎになった。胸に彫り込まれた織部様の〈八重向こう梅〉がこぼれる。

アンコウ様は、一瞬、声を失って、あたしの胸に刻まれた堀織部正の家紋を凝視した。

「外国奉行の堀織部正は、たしか〈梅花散人〉という名で歌もよくしておりましたな。あれは、家紋の梅から取った名だったか……」

越前の殿様は、わざとらしくポツリと、アンコウ様を前に呟《つぶや》いた。

もちろん、アンコウ様が、織部様の家紋を忘れるはずもない。

「ほれ、もういっちょう、チョンキナ、チョンキナ……」

あたしがまた負けると、クジラの殿様は、ちょん脱げ、ちょん脱げと、あたしの着物の裾《すそ》をまくり上げて尻《しり》をむき出しにした。

「おお、この日の丸、〈黒餅紋《くろもち》〉は……阿部伊勢守殿の替紋《かえもん》……おっ、なんとこんなところに、葵《あおい》の御紋もあるぞ。この〈五つ鐶《かん》三つ葉葵紋〉は、どこの殿さんじゃ？」

クジラの殿様は、わざと茶目っ気たっぷりに騒いで、越前様とアンコウ様にあたしの尻の刺青《ほりもの》を見せつけた。

越前の殿様は、ニコニコと手を打っている。

あたしはふと思い出して、春嶽公に尋ねた。

「ところで、その後、男の御子はお生まれになりましたか？」

「いや、だめだ。あのあと二人生まれたが、また姫だった」

あたしは、思わずぷっと吹き出してしまった。御酒が効いて、つい陽気な気分になっている。

「おお、これはなんぞね……」

あたしは、次に負けたとき、彫り込んだばかりの〈丸に土佐柏《がしわ》〉の紋を開陳してみせた。

ふっくらしたあたしの尻に彫られた、自分の家紋を撫《な》でようとしたクジラの殿様の手を、あたしはピシリと打った。

「……まだ触っちゃいけません。入れたばかりなので、傷みます」

「おお、そうか」

クジラの殿様は、子供のように素直に頷《うなず》いて、捲《まく》った裾を丁寧に戻してくれた。

越前の殿様は、すました顔をして、アンコウ様に尋ねている。

「……対馬殿は、〈紋ちらしのお玉〉を知らなんだか」

アンコウ様は、二人の殿様の人を食ったような稚気に、呆然《ぼうぜん》としている。

「ただ者ではないと思っていたが……まさか、そのような二つ名のある女だったとは……」

そういうアンコウ様の前に、あたしはすっくと立って見下ろした。

「御老中様、あたしは、ただの芸者でございます。そのかわり、相手もただの男ですよ……御大名も、浪人者も、黒餅も、三つ葉葵も、あたしを抱いている時は、みんな、ただの男……」

あたしは、にっこり笑った。

「さぁて……」と、クジラの殿様は、酔ってふらつく足で、突然あたしとアンコウ様の間に割り込み、手拭《てぬぐ》いで頰被《ほおかぶ》りして、刀をさすと立ち上がった。

「今度は、わしが国の唄を踊っちゃろ」

と、クジラの殿様は、

「わしの美童《とんと》に、さわらばさわれ、腰の朱鞘《しゅざや》はだてじゃない、シュウライ、シュウライ……」

と唄いだし、「すれ、すれ」と叫びながら、膳《ぜん》の上から部屋の屛風《びょうぶ》までなぎ倒して部屋中を駆け回ってゆく。国に伝わる暴れ芸であるらしい。

「これが土佐の〈陣ノレ〉じゃ」

と、荒れ放題になった部屋で平然と言い放っと、「ほんなら、ぼちぼち帰《いぬ》るとするか……御免」とスタスタと帰ろうとするので、すでに身仕舞いを整えていたあたしは、越前の殿様にぐいぐい促されながら、あわててクジラの殿様の後を追った。

屋敷を出て、門までの踏み石を歩きながら、空を見上げると、星がすっきりと瞬いている。

あたしは改めて殿様方に頭を下げた。

この二人が来て下さったのは、義侠心《ぎきょうしん》からだろうか。遊び心からだろうか。

あるいは、謹慎が解けた解放感からの、気持ちのゆとりからだったかもしれない。

「お玉……土州殿も私も、そなたとはわりない仲ではないか」

思いがけなく春嶽公が、優しいお言葉をかけて下さったので、あたしは、思わず胸をつかれた。

「それにしても、御前……どうしてあたしがここにいることを……」

あたしが小声で尋ねると、クジラの殿様は愉快でたまらない様子で笑った。

「なんじゃ、知らんがか。お千がよ……」

「お銭さん？」

お銭さんは昔、〈お千〉という名の芸者だった頃、時々、このクジラの殿様の座敷に出たことがあるから顔なじみの仲である。

あたしが、アンコウ様の屋敷に出向いた後、心配症のお銭さんは、村雨亭の女将《おかみ》さんと相談して、オバケの殿さんでは頼りないとクジラの殿様のところへ押しかけてしまったらしい。

「それが、両手と背中に芸者の着物を振り分けて担いで……」

クジラの殿様は、クックッと思い出し笑いした。

お銭さんは、まさか殿様たちの謹慎が解けているとは思わないから、いつものように外出には女の恰好《かっこう》が必要だろうと、家にあった芸者の着物を一式担いで来たというのだ。

「わしの顔を見るとすんぐに、『お召し替え下さい』と有無を言わせんと、着物を剝《は》ぎ取ろうとするき、げに往生した。それにしても、お千は、まただいぶ太おうなったじゃないか？」

お銭さんは必死だったのだろう。あたしが無事帰ったら、きっとまた大泣きするに違いない。

「まったく村雨亭の女将も、隠居の身ならば、毎日、暇だと決めつけているのだから……」

越前の殿様も、やれやれとぼやいている。

村雨亭の女将さんには二人とも弱いところをにぎられているから、頼まれれば断れない関係なのだ。

女将さんは、クジラの殿様だけでは暴走の危険を感じて、越前様まで担ぎ出したのだろう。

あたしは聞いていて、あまりにありがたくて、身の縮む思いだった。

「それにしても……」と、越前様は静かに言った。

「お玉……なぜ、こんなことをした」

「えっ？　なぜって、その……忘れないために」

温厚な笑顔が振り返る。

「刺青の話ではない。堀織部正の遺書をばらまいたのは、そなたなのだろう」

「ああ」

越前様まで、あたしがヒュースケンに懸想《けそう》されていたことをどこかで漏れ聞いたのか、織部様の偽遺書とあたしのことを結びつけて考えていたらしい。

あたしは、改めて経緯をかいつまんで話した。

「殿方は、ことを為《な》すとき、女には何も語ってはくれませぬ。黙って抱いて下さるだけ……いつも端《はた》からみているだけなのは、時折せつなくなります」

そう……この殿様だって、もちろん何も真情を語ってはくれない。

「織部様の時は、特に無念で……何か、胸の梅紋が疼《うず》いてしまって」

静かに聞いていた春嶽公はポツリと呟《つぶや》いた。

「やがて、〈紋ちらしのお玉〉という二つ名を背負って生きてゆくか……」

あたしは、黙りこくっている。

たしかに、これだけ派手に立ち回れば、いずれは〈紋ちらしのお玉〉という名を世間にさらして渡世してゆかなくてはならなくなるだろう。

それもいっそ、おもしろいかもしれない。

「お玉よ……」

クジラの殿様も振り返って、しみじみとした声を出した。

「土佐は二十四万石じゃ。あの刺青じゃが、もそっとこう……ふとう、できざったかのぅ」

何を言い出すかと思ったら……と、あたしはクスクス笑った。

「あんまり大きくすると、やがて入りきらなくなってしまいます」

「いったいなんぼ入れるつもりじゃ」

「結願《けちがん》は、千人」

「おいよ……千人斬りかよ」

あたしとクジラの殿様のやりとりを聞いていた越前の殿様の方が、声をたてて笑った。

「……いいえ」

男が千人の女を抱くことを千人斬りと言うけれど、女が千人の男と契ることは、千人斬りとはいわない。

〈千人信心〉というらしい。

結願といっても、そのあかつきに何の御利益も約されているわけではなかった。

娼妓《しょうぎ》が、夜ごと男に抱かれるのと、どこが違うのかと問われれば、答えようもない。

だけど、何かが違うのだ。

千人達成の願をかけて……遍路が巡る寺々で、御朱印を集めるように……一人一人の男の印を、体に刻んでゆく。

千人の男に体を与えることで、女は菩薩《ぼさつ》になるというけれど。

本当に菩薩になんか、なれるのだろうか。

「結願したら祝《いお》うちゃろ」

容堂公と春嶽公は、顔を見合わせて朗らかに笑った。

「さて、何年かかることやら」

急いではいない。ゆっくり楽しみながら、あたしはこの巡礼を続けてゆくことだろう。

闇の中には、男と女だけの密事《みそかごと》がある。

あたしは、昔の男の数を数えながら、ひとり老いてゆく。そして、もし、いつか、結願の日が来たとしたら……。

あたしは、ひそかに夢想する。

心願の成就を祝って、この男にも、あの男にも……契った男たちみんなに、赤飯を炊いて配ろうと思う。

本書は、二〇〇九年十一月十三日から二〇一〇年四月六日まで携帯小説サイト「小説屋ｓａｒｉ－ｓａｒｉ」に連載された作品に、大幅な加筆修正を行い、文庫化したものです。

あとがきにかえて

角川書店の携帯サイト〈小説屋ｓａｒｉ－ｓａｒｉ〉から注文を受けたのは、私がまだ日本映画監督協会の事務局に勤めていた頃だったと思います。

携帯メールすらやったことのなかった私が、携帯電話に親しむようになったのは、入院していた夫の容態が悪化して、夜も病室に泊まり込むようになってからのことでした。

消灯時間はあまりに早く、もはや本を読む気力もなし、寝付かれない簡易ベッドの中で、光が漏れないように蒲団《ふとん》にもぐり込みながら、携帯画面を眺めると、そこにはまったく別の世界が……。

蒲団の中で読む小説。

暗いところでも読める小説。

最初にお話をいただいてから二年近く経って、やっと携帯サイトへの連載が始まったとき、私が最初に考えたのは、そんなことでした。

こうしてどうにか一冊にまとめることができまして、餞《はなむけ》に鈴木清順監督が、監督協会のご縁で（というより、先日亡くなられた西河克己監督を中心に、カツドゥ屋長屋と称する楽しい会があり、私たち夫婦は差配役でした）、巻末に一文を寄せて下さいました。（とても苦心して書いて下さったのに、編集部からの要望で短くされてしまい、私としては残念な気持ちと申し訳ない気持ちでいっぱいです）

思いがけなく夫に先立たれ、それでも周囲の方たちに支えられ、励まされながら、さて、お座敷の口が掛かればどこへでも……という心境で、小説を書いてゆくことになりました。

これからも、どうぞみなさまご贔屓《ひいき》に願います。

最後になりましたが、方言については、棚野正士さん、細山田正人さんにご指導を賜りました。ここに改めて御礼を申し上げます。

角川書店の山根隆徳さん、金子亜規子さん、本当にいろいろありがとうございました。

解説

鈴木清順

ペタンと云う仇名の子がいた　芸者屋の跡取りで
夏場　芸者連が腰巻一ツの丸出しで昼寝しているとき
あそこに判子をペタンペタン

春画春本　廻し読み　生きた人魂　吉原玉ノ井
女郎屋の薄ぐらい便所　天井からでっかい硝子壜がぶら下がり
中にドス青い消毒液
蛇口からいち物に届く長さのゴムチューブ　先には洗濯挟みが

このところ抜けられます
と書いた板切れが横町の出入りっ鼻にぶら下がり
近道と思い入って行くと「鳩の街」

ちょいとお兄さんと袖を捉まれ
色タイルを貼った見世に引きずり込まれると
たたきに牛太郎風のおっちゃん
梯子段を上ると短い廊下の右左に小部屋
ちょんの間はいくらだったか
これが赤線　の他青線黄線白線黒線とあり
夫々《それぞれ》の用向きで御上　特に占領軍は色別してたようだが
黄以下は知らない
赤線青線は東京の何処にでもあった
新宿は二丁目が赤
青は花園うら
女郎の身の上話は聞くも涙語るも涙　は出て来ない
彼女らは極めてさばさばしている
捨て鉢な気持ちもなければ荒くれた振舞もない
温やかに男を受け入れている

携帯小説って知ってるかい

知らないね
携帯電話向けの小説だ
じゃ俺には関係ない　携帯持っていないからな
そうか　じゃ独り言だと思って聞けよ　ターゲットは歴史好きの若いをんな
電車待ちや降車駅までの車内の短い時間用
この間もよ向かいの女性が一心不乱に携帯を見ている　読んでるな小説を
と　周章《あわ》てて立ち上がりドアーの方に寸前ドアーが閉まる
口惜しそうにドアーを叩くが又携帯を取り出して読み始める
分かるか小説が面白いんだよ　この間はな
隣のをんなが携帯を持ったまま居眠り
幾駅か先の駅で目をさましたから小説の首尾を聞くと
ア、ア、ハイソウナノネワカリマシタで
女主人公の感情が伝わって来ないからついウトウト
どっちみち乗越小説だろ
肩入れする訳は何だ
書き手が仝《おな》じ長屋住まいの
ウン長屋住まいの

まだ年も四十でいれば仇に面白きソレ
　後家
ゴックン生唾が出る
桃栗三年　柿八年　後家は半年　落とした奴はいないのかい

駕籠で行くのはお玉姐さん
誰かと思えばペタンなりひらの旦那
むかし業平　いまぺっちゃんこ
どうしてどうして今業平　させぬは今も恥のよう
ここで逢ったが日和下駄
脱いで揃えて帯解いて今日が満願千人信心
好いた男の家紋の刺青
九九九と肌に躰に隙間なく
開いたところ見たいところは只一ッ
突いたところは九九九
(大向う)「待ってましたご両人」
四十八手のうらおもて

（大向う）「たっぷり」

大喜利彫宇の家

刺青だよ　お出しよ家紋
湯屋のながしを舐める松茸紋　散らしてくんな
くんなくんな　縮めてくんな
くんなくんなで日が暮れて　丁度時間となりました
お次の番だよ
河治の番だよ
紋ちらしのお玉で御機嫌を伺います
読んでおくれ文庫本見ておくれ携帯小説のお愉しみ
完《しまい》までのお付き合いよろしくお願い致します
御退屈さま

附・原文は、読者にやや難解であること、また枚数の都合により、筆者の了解を得て、編集部にて、原文の狙いである芸者遊びと女郎買いの諸相を含む、大幅な削除をしました。

紋《もん》ちらしのお玉《たま》

河治和香《かわじわか》

角川文庫　16268

平成二十二年五月二十五日　初版発行
平成二十三年二月二十日　再版発行

発行者―井上伸一郎
発行所―株式会社角川書店
東京都千代田区富士見二―十三―三
電話・編集（〇三）三二三八―八五五五
〒一〇二―八〇七八
発売元―株式会社角川グループパブリッシング
東京都千代田区富士見二―十三―三
電話・営業（〇三）三二三八―八五二一
〒一〇二―八一七七
http://www.kadokawa.co.jp
印刷所―暁印刷　製本所―BBC
装幀者―杉浦康平

か 57-1
ISBN978-4-04-394363-0　C0193

角川文庫発刊に際して

角川源義

第二次世界大戦の敗北は、軍事力の敗北であった以上に、私たちの若い文化力の敗退であった。私たちの文化が戦争に対して如何に無力であり、単なるあだ花に過ぎなかったかを、私たちは身を以て体験し痛感した。西洋近代文化の摂取にとって、明治以後八十年の歳月は決して短かすぎたとは言えない。にもかかわらず、近代文化の伝統を確立し、自由な批判と柔軟な良識に富む文化層として自らを形成することに私たちは失敗して来た。そしてこれは、各層への文化の普及滲透を任務とする出版人の責任でもあった。

一九四五年以来、私たちは再び振出しに戻り、第一歩から踏み出すことを余儀なくされた。これは大きな不幸ではあるが、反面、これまでの混沌・未熟・歪曲の中にあった我が国の文化に秩序と確たる基礎を齎らすためには絶好の機会でもある。角川書店は、このような祖国の文化的危機にあたり、微力をも顧みず再建の礎石たるべき抱負と決意とをもって出発したが、ここに創立以来の念願を果すべく角川文庫を発刊する。これまで刊行されたあらゆる全集叢書文庫類の長所と短所とを検討し、古今東西の不朽の典籍を、良心的編集のもとに、廉価に、そして書架にふさわしい美本として、多くのひとびとに提供しようとする。しかし私たちは徒らに百科全書的な知識のジレッタントを作ることを目的とせず、あくまで祖国の文化に秩序と再建への道を示し、この文庫を角川書店の栄ある事業として、今後永久に継続発展せしめ、学芸と教養との殿堂として大成せんことを期したい。多くの読書子の愛情ある忠言と支持とによって、この希望と抱負とを完遂せしめられんことを願う。

一九四九年五月三日

角川文庫ベストセラー

乾山晩愁　葉室　麟

天才絵師と謳われた兄・光琳亡き後、陶工としての限界に悩む尾形乾山が苦悩を昇華させるまでを描く歴史文学賞受賞の表題作ほか、全五編を収録。

山流し、さればこそ　諸田玲子

寛政年間のこと、「山流し」と忌避される甲府への左遷を命じられた数馬が、逆境の中で知り得た人生とは何だったのか？　清新な傑作時代長編。

めおと　諸田玲子

小藩の江戸留守居役の家に現れた謎の女。夫の腹違いの妹だというが、若妻は疑惑にさいなまれる。男と女のかたちを綴る珠玉六編。文庫オリジナル。

雷桜　宇江佐真理

江戸から三日を要する山間の村で、生まれて間もない庄屋の娘・遊《ゆう》が雷雨の晩に掠《さら》われた。十数年後、狼少女として帰還するが…。感動の時代長編。

三日月が円くなるまで　小十郎始末記　宇江佐真理

藩主の汚名を雪ぐべく潜伏した朋輩の、助太刀を命じられた青年武士。人情厚き周囲の人々との交流と淡い恋を描く、ほろ苦く切ない青春時代小説。

天保悪党伝　藤沢周平

江戸天保年間、天保六花撰と謳われ、闇に生き、悪に駆る六人の男たちがいた。時代を痛快に生きた男たちの連作長編時代小説。

春秋山伏記　藤沢周平

白装束に髭面で好色そうな大男が、羽黒山からやってきた。山伏と村人の織りなすハート・ウォーミング・ストーリー。

角川文庫ベストセラー

星影の女　妻は、くノ一2　風野真知雄

失踪した妻・織江の行方を追って江戸に来た彦馬。彼は知らなかったが、織江はくノ一で幕府の密命を帯びて松浦静山の動きを探索していたのだった。

身も心も　妻は、くノ一3　風野真知雄

元平戸藩主・松浦静山に気に入られ、よく下屋敷に呼ばれるようになった彦馬。だが彦馬は知らなかった。織江が静山の屋敷に潜入していることを。

風の囁き　妻は、くノ一4　風野真知雄

松浦静山の野心の証拠をにぎった織江。だがそれを提出すれば夫・彦馬に破滅が訪れる。悩む織江を、お庭番の若き頭領・川村真一郎が追いつめる。

月光値千両　妻は、くノ一5　風野真知雄

お庭番から離れることを決意する織江。その手助けに母・雅江は最後の力を振り絞る。追っ手たちが二人を追う。織江の驚くべき過去が明らかに！

人斬り半次郎（幕末編）（賊将編）新装版　池波正太郎

鹿児島藩士から〈唐芋〉と蔑称される郷士の出ながら、西郷に愛され、人斬りの異名を高めてゆく中村半次郎の生涯を描く。

にっぽん怪盗伝　池波正太郎

闇から闇を風のように駆け抜ける男たち。江戸爛熟期の市井の風物と社会の中に、色と欲につかれた盗賊たちの数奇な運命を描いた傑作集。

堀部安兵衛（上）（下）新装版　池波正太郎

「世に剣をとって進む時、安兵衛どのは短命であろう。……」果して、若い彼を襲う凶事と不運。青年中山安兵衛の苦悩と彷徨を描く長編。

角川文庫ベストセラー

角川文庫ベストセラー

炎の武士　新装版　池波正太郎
武田勢に包囲された三河国長篠城に落城の危機が迫る。悲劇の武士の生き様を描く表題作をはじめ「色」「北海の猟人」「ごろんぼ佐之助」の4編を収録。

卜伝《ぼくでん》最後の旅　池波正太郎
諸国で真剣試合に勝利をおさめた剣豪・塚原卜伝。武田信玄の招きを受けて甲斐の国を訪れたのは七十三歳の老境に達した春だった。会心の傑作集。

戦国と幕末　新装版　池波正太郎
深い洞察と独自の史観から、「関ヶ原と大坂落城」「忠臣蔵と堀部安兵衛」「新選組異聞」の三部構成で綴るエッセイ。変換期の人間の生き方に迫る。

賊将　池波正太郎
西郷隆盛一筋に生きた桐野利秋を描く表題作の他、「応仁の乱」「刺客」「黒雲峠」「秘図」「将軍」の、直木賞受賞直前の力作、計六編を収めた珠玉短編集。

闇の狩人　(上)(下)　池波正太郎
盗賊の小頭・弥平次は、記憶喪失の浪人・谷川弥太郎を刺客から救うが、その後、失った過去を探ろうとする二人に刺客の手がせまる。

忍者丹波大介　新装版　池波正太郎
秀吉死去で再び立ち込めた戦乱の暗雲。信義を失った甲賀忍びの荒廃に見切りをつけた丹波大介は、信ずる者のために生きようと決意した。傑作長編。

侠客《きょうかく》　(上)(下)　新装版　池波正太郎
町奴として江戸町民の信望厚い長兵衛は、恩人である旗本・水野十郎左衛門との対決を迫られていた。幡随院長兵衛の波乱の生涯を描く時代巨編。

角川文庫ベストセラー

ちっちゃなかみさん　新装版　平岩弓枝

向島で三代続いた料理屋の一人娘、お京がかつぎ豆腐売りの信吉といっしょになりたいと言いだして……。豊かな江戸の人情を描く珠玉短編集。

密通　新装版　平岩弓枝

若き日に犯した密通の過ち。驕慢な心はついに妻を験そうとする…。不器用でも懸命に生きようとする人々と江戸の人情を細やかに綴る珠玉の八編。

江戸の娘　新装版　平岩弓枝

旗本の次男坊と料亭の蔵前小町が恋に落ちた。幕末の時代の波が二人を飲み込んでいく…。「御宿かわせみ」の原点とされる表題作など七編を収録。

千姫様　平岩弓枝

動乱の戦国時代に生を享け、数奇な運命に翻弄されながらも、天寿を全うした千姫。千姫の情熱にあふれる生涯を描く、長編時代小説。

鉄砲無頼伝　津本陽

根来衆津田監物は、種子島に伝わった鉄砲をいち早く導入、最強の鉄砲集団を組織する。圧倒的な戦力を誇った傭兵、根来鉄砲衆を描く歴史長編。

信長の傭兵　津本陽

戦国最強の鉄砲集団に、織田信長が加勢を求めた。紀州根来衆の頭目として傭兵を貫き、戦場を駆け抜けた津田監物の壮絶な生涯。『鉄砲無頼伝』続編。

武神の階《きざはし》(上)(下)　新装版　津本陽

毘沙門天の化身と恐れられた景虎に、宿敵・信玄との対決の時が…。生涯百戦して不敗、乱世に至誠を貫いた聖将・上杉謙信の生涯。戦国歴史巨編。